Scrittori italiani e stranieri

IN SV LA CIMA

Chiara Gamberale

# Arrivano i pagliacci

ROMANZO

MONDADORI

Dello stesso autore in edizione Mondadori

*Le luci nelle case degli altri*
*L'amore quando c'era*
*Quattro etti d'amore, grazie*

*Arrivano i pagliacci*, qui proposto in una nuova versione inedita, è stato pubblicato originariamente da Bompiani nel 2002.

Questo romanzo è frutto dell'immaginazione. Ogni riferimento a persone e fatti reali è da ritenersi casuale.

www.librimondadori.it

*Arrivano i pagliacci*
di Chiara Gamberale
Collezione Scrittori italiani e stranieri

ISBN 978-88-04-64660-0



I edizione settembre 2014

Arrivano i pagliacci

*Ai miei genitori,*
*di sabato mattina.*

Ma anche dopo il più freddo degli inverni
ritorna sempre la dolce primavera
la nuova vita che comincia stamattina
in queste mani sporche ha una bandiera.

GIGI LUNARI
*Non maledire questo nostro tempo (25 aprile 1945)*

Durante un trasloco dovete stare molto attenti a quello che ficcate negli scatoloni, a quello che buttate nell'immondizia, a quello che lasciate, a quello che regalate alla portiera e a non finirci voi negli scatoloni, nell'immondizia o dalla portiera. Altrimenti è meglio se restate dove siete e rimandate alla prossima volta, se è possibile (a me non lo è).

(Io lascio quasi tutto.)

È un problema molto serio, tanto più se avete vent'anni e li avete compiuti il venti febbraio del duemila. Il 20-02-2000: 20 anni! Il 2 del giorno e quello del mese si eliminano a vicenda e così anche il 2 dell'anno e il 2 dei miei anni e viene fuori ZERO. Viene fuori l'anno zero e se mi dimentico in uno scatolone sono finita, perché non mi ricapiterà più una scusa così per pensare che quanto è successo sia stato necessario – o giù di lì. Già è una fortuna che mi capiti una volta, credo, e credo anche che a gente come Marilyn Monroe o a qualche papa l'anno zero sia capitato almeno tre volte. All'edicolante qua sotto pare sia capitato due volte, l'ultima poco prima di morire.

Sono una collezionista di date e anche per questo, mi dico, i traslochi per me non saranno mai un bell'affare.

Mi dispiace se magari vi siete annoiati con questa storia degli anni ZERO, signori Angelo e Tea Godalla.

Ma avete comprato questa casa a un prezzo che voi per primi avete definito quasi sospetto, no?

In cambio mi avete promesso solo di leggere tutto questo quaderno, appena qui dentro.

Poi la signora Tea mi ha sorriso. Come chi sa sorridere.

E a me, lo ammetto, è sembrata la persona più dolce che abbia incontrato negli ultimi cinque anni, la più cara, la più disponibile. Subito: da quando ho sentito la sua voce.

Vedrò di non tirarla troppo per le lunghe, di non perdere troppo di vista la principale, come mio padre mi dice che faccio a volte, e di essere il più chiara possibile: a voi chiedo solo di stare attenti.

Questo quaderno è il manuale d'istruzioni della casa che oggi cominciate ad abitare.

Solo se rispetterete le storie che queste mura hanno racchiuso, secondo me potrete sperare che racchiudano la vostra: io purtroppo del geometra Calfapietra che abitava qui prima di noi sapevo solo che aveva un gatto siamese sterilizzato. Voi invece avrete la fortuna di sapere esattamente che cosa è successo qui, in queste stanze, negli ultimi circa vent'anni e se il vostro quadro più bello continuerà a cadere arriverete facilmente a capire che forse avete sbagliato parete. Voi avrete la possibilità di farcela, a volervi bene senza farvi troppo del male: basta non scambiare un muro per una porta, no? O almeno sapere che cosa può succedere in una famiglia, se a qualcuno capita di prendere una svista così.

Mi chiamo Allegra e ho vent'anni.

Sono del segno dei Pesci ma non so se credere a questa storia dei segni zodiacali. Ho sempre pensato che l'umanità si divida in due o al massimo tre categorie, dodici di sicuro no.

C'è Broadway che mi sta aspettando.

Questa è stata la mia casa da quando sono nata fino a oggi.

**La foto in salotto dentro la cornice di plastica verde sul tavolino che fa angolo**

Mia madre si chiama Patty.
Mio padre si chiama Ettore.
Mia madre è americana, i capelli biondissimi e gli occhi anche.
Mio padre è di Venezia.
Mia madre è bellissima.
Mio padre è un professore di filosofia.
Mia madre ama mio padre disperatamente.
Anche mio padre, disperatamente.
Questo io lo so per certo.

Erano anni tachicardici quelli, diceva mio padre. Erano anni tachicardici e le folli arterie di quel cuore malandato che potevi chiamare società o sistema o addirittura mondo eravamo noi – aggiungeva, con la voce che si faceva sempre più bassa e sembrava cadere da un momento all'altro.

Poi cadeva.

Davanti a un pubblico nessuno sapeva dosare parole e pause come lui. Ma quando gli chiedevo come vi siete conosciuti tu e la mamma?, lui s'illuminava, poi sbuffava e masticava cose. Quindi, se non fosse stato per la mamma, la loro storia d'amore non l'avrei mai sentita raccontare per intero.

Lo chiamavano Thor, mio padre.
Nel settantasette, aveva venticinque anni.

Che Miss Toffee Coffee si chiamasse Patricia Cow se l'era scordato anche lei. Da mesi ormai le sue guanciotte rosa e gli occhioni birra, su cartelloni pubblicitari giganti e anche su qualche facciata intera di palazzo – pare –, ti assicuravano che la vita era un po' più bella se cominciavi la giornata con Toffee, "il caffè americano per un mattino sano".

Della dea fasciata di paillette non aveva proprio niente la ragazzina con le trecce e la salopette jeans che, seduta sul podio pericolante davanti alla facoltà di Filosofia, dondolava i piedi e si guardava le punte rosa shocking delle scarpe da ginnastica, mentre Mister Willy, il suo impresario grasso e sudato – «come un maiale in sovrappeso» diceva mamma e io ridevo –, accanto a lei si grattava le cosce: erano quei due i bersagli del giorno. Dietro di loro, un poster a grandezza naturale di Miss Toffee Coffee con su scritto a caratteri cubitali PUTTANA.

«Non è colpa sua!» si fa largo una voce fra le altre.

Sale sul palco con passi lenti, e a sentire la mamma tutto diventa una puntata di "Sandokan" e una per una le bocche si chiudono e una per una le orecchie si aprono, è silenzio assoluto quando quel giovane – belisimo, col sciuffo di capelli nero più nero del mondo su un oghio e l'altro oghio come un brillanto verde ficcato nella facia sexy più sexy del mondo (così diceva lei) – arriva al centro del palco e riprende: «Non è colpa sua! È il sistema che l'ha ridotta così, è il sistema che ci riduce tutti così! È a questo che dobbiamo ribellarci, solo a questo, ed è per questo che siamo qui oggi e saremo qui domani e dopodomani e fra un mese, fra un anno, fra dieci o vent'anni, finché non riconquisteremo tutto quello che il sistema, anche e soprattutto quando non ce ne accorgiamo, attenti!, continua a fregarci. È adrenalina la nostra Musa, ricordate? E allora non può esistere la paura perché non c'è paura maggiore di quella di ritrovarci un giorno a mangiare questa merda e dire mmmh e scambiare la puzza di un ordine che ci arriva per il profumo di una scelta che, dovunque va, magari anche a puttane, almeno è nostra! Guardate Miss Toffee Coffee. Guardatela: e rendetevi conto che non è lei che dobbiamo combattere ma è per lei, anche per lei, che dobbiamo combattere! È ancora una bambina...».

Sei ancora una bambina, stavolta immagino che le ripeté lui quando lei, a notte fonda e nel cortile deserto, su quello stesso palco gli si parò davanti e si sbottonò la salopette e si sfilò la maglietta con su Furia al galoppo e poi il reggiseno rosa a pois bianchi.

«Sei ancora una bambina» dovrà averle ripetuto, ma poi dovrà essersi arreso all'odore di Big Babol di quella pelle chiara chiara e ai lampi gialli di quegli occhioni e a lei tutta che gli diceva sorrisi un bacio sì e un altro pure.

Era il 15-06-1977.
Mio padre aveva venticinque anni.
Mia madre quattordici da due settimane.

A lui piaceva dire che quello fu un dibattito politico-fisico che poi diventò molto di più. Che poi è diventato tutto, piaceva aggiungere a lei.

Da quella notte mia madre fu per mio padre la sostenitrice instancabile, al suo fianco sempre e comunque per appoggiare con il silenzio ogni sua mossa, per poi – una volta compiuta – trasformarla in un palloncino con fiumi di chiacchiere inutili e farla volare via.

«Giurami che anche sulla mia tomba tu continuerai a parlare dell'omosessualità di Giuda mentre tutti piangono!» le diceva mio padre quasi ogni giorno e lei ogni giorno giurava.

Non si può non volerle bene, e questo non lo diceva solo mio padre, lo dicono tutti quando parlano di lei. Pare che diventò subito, dal fantoccio, la mascotte di quella rivoluzione e che non mancasse mai a un comizio, mai a una manifestazione e che, perfino quando la sua pancia era ormai uno zaino tenuto davanti e Giuliano sarebbe nato da lì a pochi giorni, lei sembrava non badare alle biglie di ferro che sul più bello fioccavano in aria e al fumo nero pesto dei lacrimogeni che certe mattine le mascherava da notti, e continuava a tenere il mento sulla spalla di mio padre, con gli occhi larghi.

La foto in salotto dentro la cornice di plastica verde sul tavolino che fa angolo: a questo punto penserete che, questo irresistibile fascino, quel tipo tutto zigomi e occhiali non ce l'ha, ma il ciuffo e l'occhio verde ci sono, bisogna ammetterlo.

E poi avreste dovuto sentirlo davanti a un pubblico, mio padre. Perfino adesso, che negli occhi invece delle fiamme ha le croci della sua rivoluzione, perfino adesso mio padre quando apre bocca lo fa con una voce che sembra venire da qualche altra parte, da qualche stereo che l'ha scelto come amplificatore. Figuratevi quando, in questa pozione magica, c'era anche la polverina di lui che *ci* credeva. In generale e a noi, tutti insieme, a mamma e a lui: credeva.

Quella abbracciata a papà, dicevo, è la mamma. Su di lei non c'è niente da spiegare. Che è bella e che non pensa ci sia un posto diverso per lei rispetto a stare dentro quelle braccia, si vede. Che è piccola anche si vede, certo, ma ammetterete che il pancione le dà almeno due o tre anni in più.

Sullo sfondo, sempre il cortile dell'università.

In quei mesi, Thor si sbrigò a dare l'ultimo esame e arrangiò la sua tesi alla bell'e meglio così che, venuto fuori, il loro bambino si trovasse una mamma bambina quasi quanto lui, ma almeno un padre che qualcosa guadagnava. Successe invece che si trovò una mamma bambina e un papà quasi laureato, e che Thor fu costretto a tornare Ettore Lunare prima di ottenere una cattedra scassata in una scuola media che, per arrivarci d'inverno, se non mettevi le catene alla macchina scivolavi indietro e ciao.

Prima di conoscere la mamma, già papà rischiava di essere diseredato da un momento all'altro per tutti i casini che faceva a Roma, e potete immaginare che cosa successe quando un bel giorno non si limitò ad aggrapparsi alla maniglia d'oro tenuta in bocca da una strana lince, con la camicia strappata e la faccia pestata a sangue, ma si presentò con al seguito una bambina che non parlava nemmeno l'italiano.

Ed era incinta.

Fino ad allora Thor aveva affidato la sua Patty – il caffè Toffee non fu mai più nominato – alle compagne della Casa dello Studente, ma quando la presenza di Giù divenne un dato di fatto, non ci furono storie... me li vedo, quanto: quanto me li vedo...

«Forza Patty, ti porto a casa mia.»

«No no no no... Honey, io stare qui così benisimo, no problem per me e big problem per te tornare casa con me!» (Mia madre non ha mai parlato l'italiano meglio di così, nessuno gliel'ha mai chiesto.)

«Cazzate. In questa topaia sei stata pure troppo, forza.»

Poi immagino mia madre che avrà puntato i piedi, mio padre che l'avrà caricata a sacco di patate, lei che lo avrà riempito di pugni e di parolacce in americano, lui magari anche di qualche bestemmia prima di concludere: «Bla bla bla, finché morte non ci separi, può baciare lo sposo, prego», e infilarle al dito un anello di plastica gialla con Titti il canarino, mentre lui se ne sistemava uno di plastica nera col Gatto Silvestro attorno al collo, a mo' di ciondolo di una collana di spago.

La madre di mio papà è un'orribile vecchia con l'acconciatura a torta di meringhe e gli orecchini ad hamburger. Mia nonna è una stronza. Una grandissima stronza che più s'invecchia e più s'instronza. All'epoca di questi fatti, dunque, era un po' meno vecchia e un po' meno stronza, ma se sapeste quanto lo è ora capireste.

Insomma, Thor si porta la sua Patty a Burano e la madre di Thor guarda Thor e non dice niente, guarda Patty e dice puttanella, guarda per terra e dice uscite per sempre da questa casa. Come deve esserle piaciuto, alla contessa Leonora Volpe Cornaredo Lunare, scandire quella battuta e trionfare nella scena madre del pallosissimo spettacolo della sua vita!

Fianchi larghi, culo molle nascosto da montagne di tulle, le dita senza falangi aggrappate al pomello della scala in bocca all'ingresso: «Uscite per sempre da questa casa». Ah, vecchia volpe di una Volpe Leonora. Ah! Quella volta avrai finalmente goduto e ti sarai rifatta di tutte, ma tutte non per dire, proprio tutte le volte in cui nemmeno ti accorgevi che non ti succedeva niente.

(Anche quando papà fu concepito, ci metto la mano sul fuoco... si riconoscono, quando sono grandi, i bambini concepiti in una bella scopata, quelli in una dove ha goduto solo l'uomo e quelli dove non ha goduto proprio nessuno... Si riconoscono, ho sempre creduto, nel bianco degli occhi intorno alla pupilla: la pupilla, poi, parlerà della loro vita e degli amici e degli amori e del morbillo e dei viaggi, ma il bianco là attorno parlerà del perché della storia dentro la pupilla...

È un po' come quando ai telegiornali ci sono i servizi sulle guerre, magari sono appena iniziate e c'è un casino e si vedono facce macchiate di sangue bambini che scappano, sandwich di morti ammazzati, o magari stanno finendo e c'è tutta una nuvola di sventolamenti bianchi, però se fate attenzione allo sfondo non si può parlare di inizio o di fine: la disperazione o la speranza sono sempre le stesse e continueranno a esserlo anche quando si spegneranno le telecamere. Sono lì, abbracciate all'orizzonte dei fatti, e i colori delle figure che si stagliano ci devono fare comunque i conti prima o poi, con quell'orizzonte. Insomma: ci può essere la guerra, ci può essere la pace, può succedere qualsiasi cosa nelle nostre vite, nelle nostre pupille. Ma il bianco tutt'attorno è e sarà sempre quello.

Il bianco di papà è bianco e basta, bianco bianchissimo. Il mio è pieno di strane saette.)

A quel punto le versioni di come andarono i fatti diventano tre e per correttezza ve le racconto tutte, cercando di non farvi intuire quella che mi piace di più e che dunque nella mia testa chiamo verità.

A sentire mia nonna, mio padre cominciò a supplicarla e lei si commosse immediatamente (perché poco prima aveva finito di rileggere una favola del Vangelo dove un padre perdona il figlio che ne ha fatte di ogni e però così fa rimanere male l'altro che si è sempre comportato bene) e stava già per tornare sui suoi passi e abbracciarlo, ma la mamma si mise in mezzo e prese a urlare che loro potevano cavarsela benissimo da soli e preferivano non avere aiuto che avere il suo.

A sentire la mamma, papà colse alla sprovvista mia nonna e le diede un bacio – leggero, ma glielo diede. Poi prese per mano la mamma e se ne andò con l'aria di chi sa perfettamente dove andare, anche se non lo sapeva proprio per niente, e come per incanto un flauto traverso cominciò a fischiettare per l'aria.

A sentire papà, da quel momento preferì non avere aiuto che avere quello di mia nonna.

## Quell'orso viola con gli occhi blu che sta seduto sulla poltroncina dell'ingresso

Il bambolotto nella foto con la cornice della Pimpa, vicina a quella con la cornice di plastica verde, è mio fratello Giuliano. Infilate foto felici in queste cornici, signori Godalla. E non perdete tempo a chiedervi da chi abbia ereditato gli occhi a mandorla.

Sempre meglio down che comunista, fu la prima cosa che, imitando la voce della nonna, mamma disse a papà.

Giù è nato il 27-04-1978, a casa di Adriana e Matilde.

Adriana faceva la bibliotecaria alla facoltà di Lettere e Filosofia, non portava i tacchi e non dava confidenza a nessuno, di lei si sapeva solo che era una promettente attrice di teatro e che per un pelo Fellini le aveva preferito Anouk Aimée per la parte di Luisa in *8½*. Forse ve la ricordate: dal settantanove circa, per un paio di anni circa, su una piccolissima rete televisiva che ora non esiste più e si chiamava Telepinky, conduceva "Le memorie di Adriana", contenitore culturale di cinema e letteratura al femminile. Nella sigla d'apertura un cartone animato di Virginia Woolf cantava *What a Wonderful World*. L'aveva ideata Matilde.

Ogni volta che sfilava per i corridoi della facoltà con i suoi pantaelefanti bianchi, Adriana rubava l'attenzione generale e proprio papà un bel giorno si fece coraggio, la avvicinò e la invitò a bere qualcosa. Pare che Adriana rispose con un sorriso che aveva dentro tutti i sorrisi del mondo e che papà non capì, per poi ritrovarsi, dopo pochi minuti, a bere una tisana al rododendro in un appartamentino con la moquette e le sedie e il divano e il soffitto e tutto rosso scuro, e serigrafie di Vampirella lungo le pareti.

«Quelle le fa Matilde, la mia fidanzata.»

«Ho capito.»

E Matilde arrivò di lì a poco, grassa e felice come continua a essere anche oggi, nonostante le diete e il fatto che Adriana non c'è più.

Papà ci mise poco ad affezionarsi a quelle due e ancora meno ci misero quelle due a diventare le sorelle maggiori di papà, le sue più accanite fan in qualunque casino lui si ficcasse, primo fra tutti il rimbambimento per l'americanina con miliardi di lentiggini e quattordici anni.

Senza un tetto, dunque, papà e mamma non ci pensarono un attimo a rifugiarsi sotto quello rosso. Forse non credevano di rimanerci così a lungo, ma non credevano nemmeno che Giù potesse rispondere con tanta decisione all'impossibile desiderio di maternità di Matilde e Adriana, e che andare via di lì potesse negli anni prendere la sfumatura di una minaccia.

La prima a rendersi conto dell'handicap di Giù fu proprio Matilde. Pratica e terrena quanto Adriana era per aria e scombinata, non ebbe nemmeno bisogno dell'aiuto di un'infermiera per tirare fuori dalla pancia della mamma quel tesoro, e fu la prima a guardarlo negli occhi, perché nel frattempo Thor il rivoluzionario era caduto a terra: svenuto, kaputt.

Matilde è l'unica persona che conosco in grado di dire sempre la cosa giusta al momento giusto o di ribaltare il momento per rendere quello che dice assolutamente sensato.

«Ettore, Giuliano non sarà un bambino come tutti gli altri.»

Papà, ancora con l'aceto piantato sotto al naso, guardò suo figlio e capì.

Matilde proseguì: «I suoi assi nella manica saranno ben nascosti, l'invidia degli altri non gli romperà le palle e avrà tutto il tempo e il modo per farci sentire degli scemi a cose fatte».

Papà la abbracciò stritolando, Adriana corse ad abbracciare tutte e due tentando di fare la battuta "oh, sono gelosa", che però le riuscì male perché fu disordinata da un pianto misto a ridarella per quel bambolino strano: e fu allora che la mamma aprì gli occhioni e pronunciò quella cosa simpatica con la voce della nonna.

Nonostante quattro adulti e un piccolino in sessanta metri quadri, nonostante Giù sembrasse fatto di gomma e bisognasse sempre tenerlo con minimo tre mani, nonostante papà il giorno della discussione della tesi si fosse ritrovato davanti il proprietario della Renault rossa con "Il Tempo" sul parabrezza che a Carnevale dell'anno prima "qualcuno" aveva ricoperto di cacche di cane, nonostante di Renault rosse in quel periodo là pareva ne esistesse solo una, nonostante il non lavoro di papà per un anno intero, nonostante le serate di mamma a ballare il tuca tuca in una bisca puzzolente per portare almeno un mese sì uno no Giù dal dottore, nonostante Adriana cominciasse ad avere mal di testa tutti i giorni, nonostante alla sua prima mostra Matilde fosse riuscita a vendere solo due quadri – e li avessero comprati i genitori di Adriana –, nonostante il freddo senza termosifoni d'inverno e il caldo con un ventilatore lento d'estate, nonostante i giorni e i mesi e gli anni che di solito quando passano rovinano tutto, quello fu un periodo felice.

Nella cornice con la Pimpa potete vederli riuniti, a festeggiare il primo compleanno di Giù. Quella che lo tiene in braccio è Matilde, che per l'occasione si è cotonata i capelli e con il vestito lungo fino ai piedi sembra una regina africana. Quella con l'abitino bianco stretto è Adriana, sì sì, papà le arriva appena alla spalla. I capelli lisci drittissimi sono naturali. Mamma come al solito non sorride ma ride, anche se ha l'ombelico scoperto, spalmato di brillantini e ciò significa che era appena tornata o che stava per andare a lavorare in quello schifo di bisca.

Papà, vi dicevo, si laureò qualche mese dopo la nascita di Giù e per un anno girò come una trottola fra concorsi pubblici, ufficio di collocamento, testate di quotidiani settimanali mensili – anche femminili giura Matilde ma lui dice che non è vero –, ufficio di collocamento, fabbriche negozi agenzie turistiche rosticcerie case editrici televisioni pubbliche televisioni private, ufficio di collocamento. Niente. Dava ripetizioni a sacchi di ragazzi dello studentato, ma figuratevi se dai ragazzi dello studentato si sarebbe preso più del minimo che chiedeva perché a quelli non prendesse l'imbarazzo di imparare le cose gratis! Ogni tanto Matilde riusciva a trovare un buco dove allestire una mostra e lui preparava i depliant, o Adriana riusciva a infilarlo come maschera all'Ambra Jovinelli, dove la sua compagnia infine era stata costretta ad approdare – «Fellini un bel giorno tornerà a prenderti e tu, mi raccomando, quel giorno tiratela un po'!» continuò a dirle Matilde fino all'ultimo –, o alla bisca dove mamma ballava serviva un barista, o sembrava che non potesse esserci un candidato che avesse svolto la traccia del tema del concorso meglio di lui.

Non so se quella volta andò proprio proprio così, comunque finalmente un concorso lo vinse e a Matilde ancora viene il singhiozzo ricordando che papà, goffo come un orso, tornò a casa ballando il tuca tuca pure lui e, siccome Adriana e la mamma erano a fare la spesa e lei riposava e gli disse shhhh, lui si prese Giù in braccio e uscì a comprargli un gelato e poi lo portò alle giostre dove, tirando palline da ping-pong dentro a barattoli pieni d'acqua, fecero centro e vinsero quell'orso viola con gli occhi blu che sta seduto nella poltroncina all'ingresso. Quando rientrò, trovò le sue tre donne a piangere disperate perché pensavano il concorso è andato male e quello è impazzito e chissà dove è scappato con il figlio, magari è tornato dalla madre: quella stronza.

Fatto sta che papà cominciò la sua carriera d'insegnante alla scuola media di Sacrofano e la sveglia alle cinque e mezzo di mattina è una campana a festa per chi ha vissuto il silenzio silenzioso della disoccupazione, diceva lui.

(Da sempre e soprattutto in questi giorni mi si accusa di essere una bugiarda strutturale, nel senso che non è che mi metto lì a inventare scemenze, ma le vedo appiccicate alle cose perché mi ostino a volere che siano migliori di quello che in realtà sono, le cose. Stando a quest'ipotesi, se vi dicessi che in effetti sono fatta così vorrebbe dire che non lo sono. Come se ne esce? Credo tocchi a voi, signori Godalla, decidere se credermi o no: per quanto mi riguarda, ammetto che forse c'è una specie di lente nel mio cervello che abbellisce le cose un attimo prima che ci arrivi la mia testa. Ma nello stesso tempo che quei cinque erano felici insieme sono sicura sia un dato di fatto. Basta guardare quella foto del compleanno di Giù, no?)

## Il letto matrimoniale con gli gnomi ai quattro pomelli

Per un soffio di mesi, io sono nata in questa casa e non nell'appartamento di Matilde e Adriana.

Dopo un paio di anni a Sacrofano, papà ottenne il trasferimento in una scuola media di Roma, alla borgata Finocchio, e finalmente la mamma disse sei un porco al padrone della bisca e in quel posto non mise più piede.

Era estate quando la mamma si accorse di essere incinta un'altra volta.

Papà era appena andato in ferie, dopo aver come al solito promosso tutti quanti.

Matilde aveva da poco trovato lavoro in una ditta di biancheria intima per ciellini, come diceva lei.

Adriana stava per essere cacciata dalla televisione perché va bene lesbica, ma anche malata terminale no.

A Giù andare all'asilo piaceva tanto perché si era preso una sbandata per la signora blu, come la chiamava lui – una bidella napoletana coi bigodini sempre in testa –, e passava la giornata a disegnare cuori con dentro lei.

Nella pancia di mamma stavolta c'ero io.

«Adriana, è il caso di parlarne.»

«E parliamone. Se viene maschio lo chiameremo Felice e se viene femmina Allegra, come i protagonisti di quel fumetto di Matilde che ci piaceva tanto.»

«Dài Adri, sii seria.»

«Non posso, sto morendo.»

«Faccio finta di non avere sentito. Adriana, tesoro, lo capisci che non possiamo vivere qui in sei, con Patty che non lavora, Matilde che non si sa se e quando ritira il primo stipendio, Giù che è come è e va all'asilo, io che mi faccio un mazzo così per passare almeno alle superiori e un neonato che avrà bisogno di altri pannolini e altro spazio e altro pediatra e altra pappetta?»

«Certo, questo lo capisco. È un'altra cosa che non capisco.»

«Cosa?»

«Come facevamo a chiamarti Thor.»

Adriana era chiusa a chiave in camera e Matilde piangeva come fa lei che sembra ululare, il giorno in cui mamma, papà e Giù caricarono i loro valigioni su un camioncino e si spostarono in via Padre Semeria.

Si spostarono qui.

Nei primi tempi pare che la mamma e Matilde s'incontrassero di nascosto nel cortile dell'asilo di Giù per studiare strategie su come rappacificare Adriana e papà. Ma l'unica strategia che funzionò fu la mia nascita.

Andò che quando feci capire a mamma che stavo arrivando, lei era proprio al telefono con Adriana, che si precipitò qui prima ancora di riattaccare la cornetta, su un'Ape che le aveva prestato Galileo, il figlio epilettico del ferramenta da sempre innamorato di lei, ancora adesso.

Insomma, fu questione d'istanti se papà e Adriana si abbracciarono appena prima che io sul letto matrimoniale con gli gnomi ai quattro pomelli uscissi fuori fra le gambe aperte sudate della mamma e mi tuffassi nel mondo; questione di pochi istanti se almeno quel giorno la scena fu tutta di questa bambina nuova che arrivava e che per un momento sembrava dire che il cancro la Dc l'handicap e il ventisette del mese erano solo degli scherzi, di cattivo gusto sì, ma comunque degli scherzi, e la verità era solo lì, adesso, in un'altra voce che avrebbe imparato a canticchiare c'era una volta un piccolo naviglio, in un'altra testa dove il mondo sarebbe stato inventato, in una mano che avrebbe scarabocchiato case e firmato bollette, in una faccia che si sarebbe riempita di brufoli punti neri e rughe, in un cuore che sarebbe stato preso a morsi, a strappi, a carezze, in qualcuno che, anche solo per un decimo di secondo, magari mangiando la prima ciliegia dell'estate, avrebbe pensato: eh, sì. Io esisto. Esisto davvero.

Sono nata il 20-02-1980 e mi chiamo Allegra Lunare.

Sono alta un metro e sessantanove, ho i capelli castano chiaro, gli occhi un po' marroni un po' verdi, anche se sulla carta d'identità ho fatto scrivere solo verdi.

Di buono la gente dice che ho la pelle liscia liscia, un bel sedere e la simpatia.

Di cattivo le orecchie un po' a sventola, poche tette e un'irritante fiducia nell'analfabetismo.

Il mio film preferito è *Dirty Dancing* e quando Patrick Swayze dice nessuno può mettere Baby in un angolo mi commuovo sempre.

La mia canzone preferita è *Love Me Tender*.

Il mio piatto preferito la cotoletta alla milanese.

Il libro che ho letto più volte è *Lo hobbit* di Tolkien.

Quello che non leggerò mai *Alla ricerca del tempo perduto* di Proust.

Non sono cattolica ma credo a una specie di liquido che ci fa galleggiare nell'acquario del mondo, e magari è solo acqua magari no, e mentre ce lo chiediamo qualcuno passa davanti all'acquario lo guarda ci guarda, noi lì dentro seri che ci chiediamo se è acqua o no, e ride.

Il mio primo bacio l'ho dato a quattordici anni, la mia prima volta è stata a sedici.

Penso che in fondo San Valentino ognuno può festeggiarlo come gli pare.

Da grande voglio fare l'attrice.

## Il tappeto con gli elefanti

Il primo ricordo che ho con tutti i contorni è quando Giù per farmi ridere si è messo a ballare la sigla di "Saranno famosi" e a me nel girello sembrava bravo come Leroy Johnson, ma a un certo punto è scivolato sul tappeto con gli elefanti del salotto e ha sbattuto la testa contro la stufa, e lì per lì continuava a cantare ma poi si è toccato con la mano la testa, si è guardato la mano e c'era solo sangue e io mi sono messa a urlare e mamma è corsa e si è presa in braccio Giù, e dopo un po' lui era sdraiato nel lettone, io in braccio a mamma che tagliava i cerotti a farfallina per la testa rotta.

Però quel giorno avevo tre anni e prima del primo ricordo c'ero già.

Prima del primo ricordo dicono fossi una bambina buona ma un po' strana, che aveva fame e si metteva a piangere e faceva i sorrisoni quando non c'entravano niente.

Prima del primo ricordo papà cominciava a tornare ogni tanto a casa nervoso e mamma, finché non metteva a letto Giù e me, faceva la normale, perché Matilde le aveva insegnato che se hai uno stato d'animo e tieni un bambino che è il tuo bambino in braccio, poi quello stato d'animo gli si attacca addosso e presto o tardi lo torna a trovare, e magari lo andrebbe a trovare comunque, ma un conto è andare un conto è tornare, questione di non dare le indicazioni per la strada giusta ai passanti sbagliati e viceversa: tutto lì.

Prima del primo ricordo mamma ci faceva addormentare e si accoccolava vicino a papà sdraiato sul letto ancora vestito con gli occhi aperti appesi al soffitto, e non capiva ma lo baciava tutto, dalle dita dei piedi risalendo su, fino alla fronte.

Succedeva che Ettore Lunare, di insegnare in quella scuola media con le finestre e gli occhi dei ragazzi senza tapparelle, non ne poteva più. Non era solo questione di soldi, sapete signori Godalla, quello che cominciava a insinuarsi in lui era sottile e complicato, perché a quel punto della sua vita papà si era messo in testa che conoscere a memoria in greco tutti i canti dell'*Odissea* doveva pure meritarsi qualcosa, che qualcosa già si meritavano gli anni la fedeltà il megafono foderato di feltro rosso la cicatrice sulla coscia destra, che uno non può stare a guardare frotte di stronzi andare avanti mentre interroga Santo Saladino dell'ultimo banco e quello scorreggia invece di rispondere. Certo, la campanella suonava, Ettore tornava a casa e a casa trovava Patty sua sempre in festa e i disegni della bidella di Giù e me con le tutine indiane che mi cucivano Adriana e Matilde, ma un sapore come di yogurt scaduto gli si mischiava in bocca giorno dopo giorno.

Faccio male a mischiare quel sapore, che oggi pensando alla sua bocca sento in bocca a mia volta, a quello di pan di spagna che sentivo tutto addosso prima del primo ricordo, quando papà mi ficcava nel cestone davanti alla sua bicicletta e andare a comprare "L'Unità" era un viaggio infinito, quando se aveva una riunione a scuola e tornava tardi e io già ero nel lettino mi veniva a svegliare e prometteva a mamma che ci avrebbe pensato lui, poi, a farmi riaddormentare, quando invece di ninna nanna ninna oh questa bimba a chi la do mi cantava soffia il vento infuria la bufera e per fare gli scherzi a mamma la faceva andare di là a prendergli una cosa e lei tornava e non mi trovava più, e lui mi aveva sommersa di cuscini e le diceva se la sono rapita gli extraterrestri. Faccio male a mischiare la faccia che ha mio padre adesso, mentre legge il "Corriere della Sera" sulla sedia a dondolo in vimini, con quella dagli occhi liquidi e neri che guardavo senza capire, piena dell'amore pazzo che da quegli occhi mi portava via, via fino a un mondo di nuvole e altezze, attraverso le parole sussurrate piano che non sapevo ripetere e una filastrocca oscena, il fumo della pipa, la benzina appena messa, il suo mazzo di chiavi, una promessa: fidati di me.

Faccio male e mi faccio male, ma mi sa che a un certo punto fanno così tutti, magari lo avete fatto anche voi, signori Godalla, o domani lo farà il bambino che adesso è solo una virgola di pancia in più sulla pancia della signora Tea.

Chissà.

Avevo già il mio primo ricordo ma comunque non ricordo bene il trambusto del nostro primo giorno di scuola. Un conto era stato l'asilo, dove ognuno è per l'altro un mondo assurdo e normalissimo e comunque c'era la signora blu, un conto erano le elementari: una classe con i banchi, le righe e i quadretti, il cancellino.

Quando qualcosa di strano ci succede dentro casa, pensateci, dopo un po' ce lo dimentichiamo, ci sembra normale ed è per questo, credo, che fa tanto ridere "La famiglia Addams": non perché sono tutti strani là dentro, ma perché fra loro si pensano normali. Per mamma, papà e per Matilde e Adriana, che almeno a pranzo o a cena venivano da noi quando non andavamo noi da loro, Giù era Giù, basta: tutto – le macchie di pennarelli sulla tenda, gli sguardi sempre nella direzione opposta rispetto all'attenzione – veniva dopo, a prescindere non c'era proprio niente.

La paura, quel giorno, era che Giù fosse visto e scherzato o peggio ancora sorriso pensando poveretto, prima di essere visto come Giù e scherzato per non andare bene in matematica o sorriso per scrivere pensierini che si capivano solo tra loro ma a noi sembravano proprio belli: per questo avevano aspettato che anch'io fossi pronta per le elementari, prima di spingerci lui con due anni di ritardo, e:

«Patty, mi sembri scema a volte.»

«Matilde te lo ggiuro, non capito!»

«Senti, va bene che tu e Ettore insegniate ai vostri figli a essere onesti e a guardare le cose da ogni angolo prima di dire che sono brutte e tutte quelle cazzate per cui io e Adri non possiamo più fare a meno di voi, però dovete sempre cercare di ricordargli che là fuori li aspetta un mondo che "onestà" non sa cosa significhi, che chiama brutte le cose di cui ha paura senza neanche sapere che forma hanno, che se vede Giù pensa che è un povero handicappato e nel migliore dei casi si fa l'esame di coscienza e si ripromette di non lamentarsi più per qualche chilo di troppo: Patty, mi ascolti?, che fai adesso, piangi?, no tesoro mio, no, senti: io vengo con te a portare Giù e se qualcuno prova a guardarlo a parabola, dall'alto in basso, ti giuro che lo ammazzo, davvero sai?, ridi? Guarda che io lo ammazzo veramente!»

Matilde non ammazzò proprio nessuno, ovvio, ma quanto avrebbe voluto farlo, quel benedetto primo giorno di scuola!

Scortato da un'americanina poco più alta delle bambine di quinta, da una matrona fasciata in un pareo di tutti i colori, da una donna pallida e magra come una settantenne, ma naturalmente bella come una quindicenne, e da un tizio in jeans a campana e camicione a scacchi con a cavacecio una bimbetta secca e lunga (era anche il suo primo giorno di scuola: ma a nessuno sembrava importare, la missione era un'altra), Giù si presentò in classe e la maestra gli diede una carezza sulla testolina e invece di parlare a lui parlò a noi e ci raccomandò di stare tranquilli: di casi umani lei ne aveva già conosciuti tanti, suo fratello era omosessuale perciò aveva imparato ad accettare la volontà del buon Dio, anche quando risultava incomprensibile.

Fortuna che Giù non sentì o non capì o fece semplicemente l'adulto – mentre Matilde si era messa a fare la bambina e a urlare vagonate d'immondizia contro quella laureata in cretinologia mascherata da maestra, come la chiamò lei – e, invece di dirmi andiamoci a sedere, mi mollò da sola e trotterellò al primo banco davanti alla cattedra, vicino a una bambina di un biondo spudorato e col nasino sommerso di lentiggini.

Casco d'Oro Zuellen.

## Piccolo intermezzo, o meglio: la storia di Casco d'Oro, Zuellen

*I Cardellini avevano una fattoria, cinque figli maschi e una figlia che si era beccata la poliomelite per colpa della culla che, siccome a Vergheto c'erano dieci case contando il pagliaio e la chiesa, era la stessa per tutti e girava di famiglia in famiglia, e s'impregnava di chissà quanti e quali bacilli, inseguendo i nastri rosa o blu attaccati ai maniglioni delle stalle.*

*I bambini di Vergheto andavano a scuola solo se c'era bel tempo ma non faceva troppo caldo, dunque circa un paio di mesi l'anno, perché gli toccava scendere a valle fino a Colonnata e poi risalire, con gli zaini pesanti, la lingua bruciata dai pezzi di lardo che riuscivano a rubacchiare qua e là nelle pizzicherie, le ginocchia sbucciate dai rovi di more che si rincorrevano sopra alla collina. Due ore a scendere, due ore e mezzo a salire. Lo stesso valeva per le mamme, che scendevano a fare la spesa solo per Pasqua e altrimenti vedevano di arrangiarsi con quello che i papà mattina e inverno e sera e estate coltivavano, allevavano.*

*Va da sé che a Vergheto ci si sposava fra compaesani tanto che, una volta convolate a nozze, le coppie si mettevano d'accordo perché le donne rimanessero incinte più o meno nello stesso periodo.*

*Si dà il caso che i figli maschi dei Cardellini fossero già tutti sistemati, mentre l'unica femmina, Paoletta la zoppetta, come la chiamavano in paese – ma con una dolcezza tale che anche lei aveva preso a presentarsi così –, non aveva il becco di un fidanzato, e nemmeno la possibilità di trovarsene uno: poco dopo la sua nascita, infatti, la perpetua del prete aveva sfornato cinque gemelle e, passati un bel po' di anni, fra i giovanotti si malignava «meglio che mio fratello o il mio vicino abbiano la moglie che somiglia alla mia, piuttosto che io me ne prenda una zoppa».*

*Ma un bel giorno (o era brutto, però questo non importa, credo che le storie vadano raccontate così) bussa alla porta dei Cardellini un pastore che ha perso le sue pecore, e basta poco ai due fattori vecchi e scaltri per capire che non esistono pecore e quello non è un pastore ma un tocco, perché la radio a Vergheto non c'era e non correva su quella collina la notizia di un pericolosissimo evaso argentino che si era beccato l'ergastolo per un pasticciaccio di droga che, ficcata dentro a supposte ficcate dove si ficcano le supposte, aveva girato tutto il mondo.*

*Insomma, Marcelo cominciò a scaricare e caricare balle di fieno nella fattoria Cardellini e in un'ora ne scaricò e caricò quattrocentoventitré, così il giorno dopo gli furono affidate le mucche e il giorno dopo ancora la pulizia della stalla e poi il raccolto e i conti, finché una notte si trovò la sua stanza chiusa col catenaccio e la signora Cardellini senza troppe cerimonie lo spinse in un'altra, dove Paoletta, con una camicia da notte tutta pizzi che la faceva assomigliare a una sfogliatella, era seduta sul letto con una candela in mano.*

*Adesso che l'hai messa incinta te la sposi: e Marcelo Salabam se la sposò e Vergheto fece festa per due settimane di fila e avrebbe continuato chissà quanto, se Paoletta la zoppetta piangendo come una fontana non avesse annunciato alla famiglia che il giorno dopo sarebbe partita per la capitale per seguire suo marito che doveva concludere degli affari. Ma sarebbero tornati presto, sarebbero tornati presto.*

*Invece non tornarono mai più e Paoletta la zoppetta si ritrovò in una mansarda lurida a mangiare pizza, bere acqua tonica e aspettare Marcelo che, poverino, era davvero molto impegnato, tanto che le notti in cui non rincasava dopo le due non rincasava affatto.*

*Fortuna che Paoletta aveva trovato un'amica, un'amica di quelle che quando le trovi sai che sarà per sempre, una di quelle piene di cose da raccontare, tante ne hanno viste, e che non ti annoiano mai, una di quelle capaci di prometterti che qualunque tristezza hai passerà.*

*Nel sozzume di quella soffitta romana, Paoletta incontrò la televisione.*

*Una scatola piccola piccola dove le immagini non avevano i colori e dove le voci erano impastate a un* bzzzz *costante, ma dove Paoletta sciolse e perse tutta la paura, la nostalgia per la Sagra delle More Settembrine a Vergheto e l'umiliazione di poter parlare con lo sposo suo amatissimo solo mentre quello russava.*

*Quante danze da far girare la testa insieme a quelle che, si presentassero come volevano, ma tanto Paoletta sapeva che non potevano che essere principesse se avevano i capelli lunghi fino a sotto il sedere, quante capriole al cuore quando dopo tante disgrazie (altro che le sue, stupida egoista che non era altro!) quelle riabbracciavano il loro amato, quanti mondi nel mondo, quanta intelligenza dietro agli occhialetti di quegli studenti (così giovani!, più giovani del più giovane dei suoi fratelli che arrivava a contare solo fino a quindici perché quindici erano al massimo i maiali della fattoria!) che premevano bottoni colorati e rispondevano alle domande più assurde su storia, geografia, geometria, cultura! E le pubblicità? Quante cose buone da mangiare esistevano, c'erano perfino dei dolcetti tutti uguali in una scatola sola, così i fratelli non avrebbero litigato per chi si sarebbe aggiudicato quello venuto meglio, c'erano dei profumi che te li spruzzavi e potevi volare!, c'era una banda di topolini blu che usciva dal cartone di un succo di frutta!*

*E poi, c'era "Dallas".*

*Paoletta accendeva la televisione alle sei e un quarto del mat-*

*tino, appena doveva alzarsi per preparare il caffè a Marcelo, e per un'oretta la ascoltava sistemando quel buco di casa, poi si sdraiava a terra, pancia in giù e gomiti ben piantati sulle assi di legno, e rimaneva così fino al momento delle ricette di suor Peppa, che con i suoi occhi gentili la informava che era ora di pranzo, e lei allora apriva il freezer, ritagliava la metà di una pizza surgelata, la scaldava in forno, e poi tornava a sgranocchiarla lì davanti, dove continuava a rimanere immobile fino al telegiornale della sera, che la pilotava di nuovo verso il freezer e verso l'altra metà della pizza.*

*Finalmente arrivava.*

*Finalmente arrivava e non c'era più spazio per niente, non esisteva il ronfare di Marcelo, non esisteva la pizza con la mozzarella di plastica e tutto si trasformava in un ranch, e a Paoletta che c'era nata e cresciuta non la si faceva: riconobbe fin dal primo giorno che era Vergheto, quel posto là che chissà perché tutti invece chiamavano con quell'altro nome strano.*

*A Dallas, Paoletta trovò in Sue Ellen l'altra straordinaria, fidatissima, inseparabile amica dei suoi giorni romani. Dio santissimo, quante ne aveva passate quella donna. E le aveva superate tutte! Quel bastardo del padre che prima di scappare poteva almeno presentarsi alla figlioletta e lasciarle un numero di telefono un indirizzo o un qualcosa, quella madre più appiccicosa del miele d'acacia ma dolce come quello di corbezzolo, cioè per niente, e poi J.R., quel lurido verme, J.R. che se la spassava con qualunque sgualdrina gli capitava a tiro, però se quella poveraccia usciva con Cliff ed era finalmente serena no!, lui se l'andava a riprendere e il giorno dopo erano di nuovo corna e Cliff si sposava un'altra.*

*Povera, povera Sue Ellen.*

*Lei e la sua abitudine brutta a forma di bottiglia.*

*Ma se ci fossi io, pensava Paoletta, se ci fossi io lì e non me ne fossi partita per la capitale, non avresti bisogno di sgargarozzare quelle schifezze, amica mia, potresti parlare a me di tutti i tuoi problemi, anche di quando non hai vinto Miss America ma te lo meritavi e tu, dolcissima, eri felice lo stesso perché eri andata a letto con J.R. per la prima volta e chissà che cosa ti aspettavi.*

*J.R., maledetto.*

*Il giorno che partorì, Paoletta strillava sia perché le sembrava di essere una delle vacche che suo padre scuoiava, sia perché stava perdendo il ritorno di Bobby dalla famiglia, che difficilmente avrebbe accettato sua moglie Pamela: gli Ewing erano gente ricca, Pamela no!, per niente! E qualche giorno dopo ci mancava solo l'impiegato dell'anagrafe a farla innervosire, che lei ripeteva: «Sue Ellen, Sue Ellen: scrivi Sue Ellen Salabam» e quello chiedeva: «Come si scrive?» e a lei sembrava una follia perché se avesse saputo scrivere lo avrebbe scritto lei.*

*Zuellen Salabam.*

*Che, come la sua quasi omonima, non fece in tempo a conoscere suo padre perché aveva solo pochi mesi quando due poliziotti e un cane lupo entrarono nella soffitta e ribaltarono tutto – tranne la televisione, che Paoletta afferrò e si mise in braccio insieme alla neonata – e con un coltello tagliarono il materasso da dove – come nella pubblicità dei Bucaneve! – uscì una polvere bianca che volò per tutta la stanza.*

*Quella sera Paoletta guardò "Dallas" con un poliziotto da un lato e uno dall'altro, mentre il cane lupo sgranocchiava la pizza, così non rompeva.*

*«In quella chiesetta sullo sfondo sono stata battezzata io e tutti i miei fratelli... e quella che parla è Kristin, vedete!»*

*«Mmmh. Gran bel culo.»*

*«Macché, è una vipera velenosa come...»*

*Non fece in tempo a dire al poliziotto "tante", Paoletta, che sulla porta apparve Marcelo e quei due scemi non aspettarono nemmeno la sigla finale, lo ammanettarono e se lo portarono via.*

*Zuellen trascorse così i primi mesi aggrappata a sua madre, che ormai non si alzava più nemmeno per andare al frigo e prese a rattrappirsi con la velocità di una pesca lasciata sul suo albero, ma fortuna che quelli del piano di sotto, spaventati dal puzzo di cacca di bambino e di chissà cosa, chiamarono gli assistenti sociali, ché altrimenti avrebbero trovato davanti alla televisione accesa uno scricciolo di donna, morta, e la sua bambina di pochi mesi, anche.*

*Invece quella bambina magra e tutta occhi la presero con loro e la portarono al convento delle Carmelitane Scalze, dove Zuellen trascorse i suoi primi anni serenamente, finché cominciò a fare cose strane con il bracciolo del letto, dove saliva a cavalcioni, diventava tutta rossa in faccia e lanciava gemiti disperati.*

*«Se la sta prendendo il diavolo» continuava a sospirare la Madre Superiora. E quando avvenne l'irreparabile e Zuellen, cinque anni compiuti da poco, i capelli biondo platino naturali e già – giurano le suore – l'ombra dei seni su un corpicino che a disegnarlo non sarebbe venuto tanto bene, si parò davanti al vescovo venuto a fare gli auguri di Natale agli orfanelli, alzò la gonna e abbassò le mutandine, la squadra delle Carmelitane al completo tremò come un terremoto.*

*Anche Zuellen dunque, se la si doveva mandare a scuola – il che era evidentemente un bene, così per un po' andava a fare le sue schifezze da un'altra parte: anzi, mandiamola prima di subito che è meglio –, aveva bisogno di un sostegno.*

*Proprio come Giù.*

*Fate attenzione, signori Godalla, a questa ragazzina al primo banco dove Giù va a sedersi trotterellando.*

*«Zuellen è la più bella del mondo e ha una pallina da tennis che la notte parla, è vero! Me l'ha giurato. A me mi hanno chiamato Testa a Uovo, ma Zuellen dice che non c'è niente di brutto perché a lei le hanno detto Casco d'Oro e non c'è rimasta male» raccontò Giù quando tornò a casa dal suo primo giorno di scuola.*

*Fate attenzione a questa ragazzina.*

*Quel giorno, col suo caschetto d'oro e gli occhi a goccia all'insù e il sorriso all'ingiù sdentato, aveva già lo sguardo fiero a soli cinque anni e mezzo.*

*Io ne avevo sette quando Adriana è morta.*

## Il quadro sopra alla testata del letto della cameretta piccola, dove anche voi forse farete dormire gli ospiti o la babysitter

Mi piace pensarla sirena che di notte le gambe le si arrotolavano e la pelle sfumava, c'era un azzurrino trasparente prima e verde chiaro poi e poi ancora verde e poi verde smeraldo e un battito di coda e la camicia da notte di pizzo per terra e lei in aria diventava acqua e noi non ce ne accorgevamo, perché dormivamo esseri umani mentre lei sguazzava e rideva e ci faceva gli scherzi, metà donna bellissima metà pesce.

Mi piace pensarla davanti a Federico, fra lei e lui un tavolo e le sedie ma solo per finta, per non fare vedere a quella che era entrata prima e a quella che entrava dopo che senza nemmeno conoscerla lui l'aveva presa in braccio e le aveva chiesto balliamo?, e quando cominci a girare se ti gira anche la testa non è facile fermarsi e la testa di quei due girava e miracoli luci conchiglie disegni con la mano destra di un bambino mancino scoppiavano intorno e suonava un'armonica e cantava una scimmietta blu con la voce di Ella Fitzgerald e loro avrebbero girato attorno a quel tavolo attorno alla fila che aspettava sudata fuori dalla porta attorno a un film a un cinema con le poltroncine che non cigolano attorno al cinema tutto attorno a un mondo di cose e facce e barzellette e tendoni a strisce attorno al mondo che forse è un tendone a strisce e loro lo sanno e lo riveleranno – forse – se lui avrà il coraggio di dirle ti ho trovata se la parte sarà sua se non ci saranno a parte se Federico parte e parte con lei se non la lascia qui senza una parola una scusa un arrivederci un addio, come spesso accade quando si ha paura, si ha fretta, come accadde.

Mi piace pensarla alla macchinetta del caffè che non aveva monete e chiedeva me la cambi?, e non ce l'aveva uno non ce l'aveva l'altro e si allungava una mano grassoccia con un anello al mignolo a forma di girasole e chissà se lo sapeva quella mano e se lo sapevano lei e il suo sorriso che fecero arcobaleno come sapevano fare e dissero grazie e presero le monete e il caffè chissà se quel caffè per una volta non uscì brodo all'orzo ma uscì caffè nero uscì caffè davvero chissà se lo sapeva quella conversazione distratta che si sarebbe trasformata in appuntamento in cena in imbarazzo in terrore in desiderio in una casa con la moquette rossa e le pareti pure, in per domani a cena finiamo gli avanzi di Natale in per sempre.

Mi piace pensarla con Giù in braccio che le sbavava sul vestito delle grandi occasioni e lei che rideva e buttava la testa all'indietro per niente da attrice e i capelli scoppiavano via dal mollettone e la grande occasione era guardarli, la donna bella e il bambino handicappato.

Mi piace pensare a quel quadro sopra alla testata del letto della cameretta piccola, dove anche voi, signori Godalla, forse farete dormire gli ospiti o la babysitter, mi piace pensare a lei timida e a Matilde decisa e a lei che sbuffa ma per ridere e si toglie i jeans e la camicia jeans e guarda Matilde mentre lancia in aria le mutandine, e il reggiseno no perché non lo porta, e prima fanno un po' l'amore e mi piace pensare a loro che fanno l'amore non per immaginare cosa mai possano fare a letto due lesbiche, anche perché me lo sono fatto raccontare tante volte, ma proprio per immaginare loro due, l'emozione – l'*a*mozione, come dice la mamma non perché non sa bene l'italiano ma apposta – di un qualcosa di grande gigante che rimane sempre da un lato a spiarci e ogni tanto, semplicemente, succede. E poi Matilde strappa il foglio dall'album e tira fuori il carboncino dalla tasca e lei un po' ride e Matilde la sgrida ma per scherzo e poi la sgrida un po' sul serio perché lei non sta ferma e fa la trottola con gli occhi e tamburella le dita e si mangia un'unghia e si passa la mano sulla fronte perché forse ha un po' di febbre.

Mi piace pensarla con la febbre alta e il giorno dopo ancora più alta, e mentre tutti si fanno venire l'ansia lei chiede di far venire Giù sulla soglia per fargli fare ciao ciao con la manina e dice avrei voglia di avere voglia di un hot dog e sorride, magica.

Mi piace pensarla insistere per farsi accompagnare a Telepinky adesso che non riesce più a guidare per il mal di testa mi piace pensare all'ultima puntata che lei non sapeva fosse l'ultima e come sempre prima di Virginia Woolf che ballava la sigla prometteva "alla prossima settimana" mi piace pensarla non capire come facevano all'università a chiamare papà Thor mi piace pensarla con me nella pancia della mamma e con la mamma sull'Ape del figlio epilettico del ferramenta mi piace pensarla cantarmi e raccontarmi e insegnarmi a contare rompendo un braccialetto suo che tanto era vecchio e trasformando le perle in palline, uno due e tre ripeti con me, mi piace pensarla accoccolata in braccio a Matilde e io rimango sveglia nella stanza accanto ma loro credono che già dormo e invece la sento piangere piano: ho paura.

Mi piace pensarla assaggiare il mio primo budino alla Nutella e strizzare la faccia e domandarmi se voglio fare la cuoca perché se voglio fare la cuoca me lo dice che fa schifo altrimenti no e lo finisce e poi chiede ancora!, mi piace pensarla che si depila che mi mostra come si sfilano i collant senza romperli che rompe le scatole a Matilde perché stava meglio con i capelli ricci mi piace pensare che in questi scatoloni non ficco anche il dodici novembre e la faccia di quello che non è per niente un angelo ma un dottore schifoso in camice bianco che almeno se era un angelo diceva l'abbiamo guadagnata e quello invece ci dice l'abbiamo persa.

## La laurea alle spalle della scrivania

Chissà se quando una persona nasce e all'altro capo del mondo una muore fra queste due persone c'è qualche legame sotterraneo.

A me piace pensare alle cose come alle perline della lunghissima collana del mondo e, se la perlina degli ultimi giorni di Adriana è vicinissima a quella dei primi giorni da dottoressa di Vera, forse una qualche relazione misteriosa fra le due cose c'è. Del tipo che le disgrazie non arrivano mai da sole, per esempio.

Dalla data di nascita sulla laurea alle spalle della scrivania dello studio, incorniciata con quel tipo di legno che sembra povero e invece costa il triplo di quello che ha un bell'aspetto, potrete intuire che Vera Salesani aveva partecipato al settantasette: lei, quegli anni, li aveva spiati dalla terrazza del palazzotto di famiglia dietro piazza Navona.

Florestano Salesani era un chirurgo.

Sua moglie Domitilla faceva la filosofa.

Suo figlio Florestano Antonio Maria era un chirurgo.

La moglie di suo figlio Florestano Antonio Maria, Patuska, faceva la filosofa, prima a Mosca poi a Roma.

Erano di sinistra.

Assolutamente.

Al piano terra del palazzotto stavano i quattro domestici, una coppia di filippini e una di napoletani.

I due napoletani erano uomini e forse facevano cose, insieme.

Il vecchio dottor Salesani lasciava correre: era un democratico, lui.

Ogni domenica pomeriggio a palazzo Salesani si beveva un tè tutto speciale, perché sui bordi di quelle tazzine ci avevano posato le labbra Wagner e Benedetto Croce e una volta Greta Garbo, mentre Rock Hudson aveva preso solo un bicchiere d'acqua, ma comunque da lì era passato.

Si parlava di politica e di letteratura, sotto l'ombrellone di bambù della terrazza Salesani, e quando venne al mondo la deliziosa Vera, dagli occhi intelligenti e la pelle di porcellana cinese, la nonna e la mamma le diedero quattro anni per imparare almeno a far scivolare *Per Elisa* sui tasti del pianoforte a coda 1888, di modo che le domeniche ne guadagnassero in armonia e la piccola ne guadagnasse in spirito, perché anche se non capiva niente non potevano non rimanerle addosso i riflessi di tanto bel mondo che la circondava e che avrebbe avuto tutto il tempo, crescendo, di interpretare e tradurre in conoscenza.

La piccola Vera era un portento.

A quattro anni e mezzo sapeva già leggere!

A cinque suonava tutto Pergolesi!

Sempre a cinque ti raccontava per filo e per segno la trama di *Pattini d'argento*, senza sbagliare nemmeno un nome. Nomi olandesi!

A sei scriveva poesie e, timida e cara com'era, doveva venire invitata più e più volte dagli ospiti dei nonni e dei genitori, prima di salire con i mocassini lucidi sul panchetto di pietra in veranda e da lì declamare i suoi versi al pubblico attento della terrazza.

Pare che un pomeriggio una contessa del Salento tanto si commosse, da soffiarsi il naso rumorosamente davanti a tutti e, chiamata a sé la bambina, le chiese un bacio e le porse una busta con dentro una banconota da ventimila lire. La piccola Vera fece roteare gli occhioni bruni, intuì subito il contenuto della busta, sorrise senza mostrare i dentini alla contessa e: «Lei è tanto buona, ma io non so davvero che cosa farmene, dei soldi. Ricambi il mio bacio e per me sarà un regalo molto più prezioso».

Era questo, la piccola Vera.

Un folletto con i riccioli lunghi e ramati, sempre accuratamente confezionati in acconciature discrete studiate per mettere in risalto lo sguardo che andava spontaneamente al di là e la boccuccia a cuore ereditata dalla mamma e la fronte spaziosa e bianca tipica dei Salesani.

Un grillo melanconico e spensierato assieme, che grazie alle sue osservazioni sparse qui e lì con apparente leggerezza fecondava le turbolenze che a volte opprimevano i grandi di casa.

Una fatina di saggezza e vivacità intellettuale.

L'angioletto della nonna che per il primo giorno di scuola le regalò i *Paradossi* di Zenone rilegati in pelle, e come rideva la piccola e come si intuiva che dentro alle risate stava capendo quello che leggeva!

La medaglia più preziosa del nonno, che per il suo decimo compleanno le regalò una cavallina bionda che Vera battezzò Bronte.

Il pezzo migliore della collezione di bambole antiche della madre, che per le sue prime mestruazioni le regalò una camicia da notte in seta e le si mise accanto e le lesse qualche pagina di Clodette e poi chiuse il libro e guardò dritto negli occhi la figlia e le disse parliamo.

L'orgoglio del papà, che per i suoi diciott'anni le regalò un Maggiolino bianco latte e le sussurrò commosso, in un orecchio, mi fido di te.

## Le ali di cartapesta che trovate nell'armadio a muro all'ingresso

Passavano gli anni, passavano i compagni di classe a citofonarmi, passava il nervosismo di papà e diventava rabbia, faceva finta di passare il dolore mentre in realtà foderava i cuori e Matilde ovviamente adesso abitava qui con noi.

Casco d'Oro Zuellen, Giù e io eravamo una cosa sola.

I ricordi di quegli anni sono messi a fuoco per bene, lasciando perdere chi mi accusa di giocarci e truccarli per mascherarli dal meglio di loro. Ve lo ripeto, forse è così, e all'occorrenza tiravo fuori da una tasca nella testa la mia lente colorata per osservare le cose. Ma in quei pomeriggi lì no. In quei pomeriggi lì la lente non serviva, perché davvero quando Zuellen scampanellava tre volte – la prima lunga, le seconde due brevi – per farci capire che era lei, a me batteva forte, felice e basta, il cuore e tiravo Giù per un braccio e gli finivo di abbottonare i pantaloni, se no lui chissà quanto ci metteva, e a volte inciampavamo per le scale – uno nei lacci delle scarpe dell'altra – dalla voglia di scendere il prima possibile e il prima possibile correre dietro a Casco d'Oro, che un passo suo erano due veloci dei nostri e che dovunque andava quello era il posto giusto, per noi sì per noi sì.

La Garbatella era un regno incantato e gli alberghi rossi, voilà, diventavano castelli che Zuellen ci raccontava erano suoi, e Giù e io ci accucciavamo sulle scalinate e lei, regina, ci dava gli ordini e a volte c'erano le impiccagioni dei servi che l'avevano delusa e, mentre lei appendeva la corda sui rami dell'albero e legava il collo del nostro orso viola che da lì a poco prendeva a penzolare, noi ci davamo gomitate che volevano dire stiamo attenti a non sbagliare mai, noi.

Tutto era nostro.

Nostri i giardini e nostre le strade e il fornaio con la pizza scrocchiarella e la chiesa di Santa Galla, che quando ci passavamo davanti urlavamo chicchirichì.

La tristezza e il bisogno della lente colorata arrivavano solo quando noi tornavamo a casa e Zuellen rimaneva a fissare il portone d'ingresso finché si chiudeva dietro di noi e noi sparivamo, e io lo so che lei anche se faceva la dura a quel punto tirava fuori dalla salopette arancione la pallina da tennis e la lanciava in alto e la guardava cadere in basso una volta un'altra un'altra volta ancora, e pensava alla torta di mele di Matilde e a papà che ci avrebbe raccontato la sua giornata facendo le voci diverse e tenendo per ultima quella stridula senza erre della preside e a mamma che ci avrebbe strizzato l'occhiolino quando era ora di andare a dormire e a noi due nei letti a castello, io sopra Giù sotto, a me che avrei continuato a chiacchierare anche se sapevo che Giù ormai dormiva. Pensava e poi scuoteva il casco d'oro e si ficcava la pallina e le mani in tasca e tornava al convento e sperava solo di non fare arrabbiare nessuno e quando ci riusciva questo le bastava per riposare e per cacciare via la paura, che aveva la faccia della Madre Superiora quando le sventolava davanti al musetto biondo le mutandine, tanto per cambiare bagnatissime.

«E non è certo pipì!»

«Madre Superiora, non sono mica mie!»

«Zuellen Salabam, i bugiardi li bruciano all'inferno cento fiamme, i lussuriosi cinquanta e a te bruceranno centocinquanta fiamme se non la smetti!»

«Ma non sono mie!»

«Continui? Giura Stella, che ti ricordo è arrivata in convento solo una settimana fa ed è già molto più disciplinata di te, giura Stella che stavolta l'hai fatto sulla testata del suo letto, davanti a lei!»

«Infatti.»

«Infatti cosa?»

«Infatti quelle mutandine sono di Stella.»

Le suore dovevano aspettare che Zuellen compisse diciott'anni per scaraventarla in strada e non avere rogne, altrimenti l'avrebbero fatto anche prima che scappasse via lei.

Il sabato sera le permettevano di dormire da noi, a patto che mamma la riportasse in convento alle dieci del mattino dopo, in tempo per la messa, e Giù e io cominciavamo a emozionarci dal venerdì pomeriggio perché lo sapevamo che se c'era Zuellen era sempre avventura e sempre diversa e te la portavi dietro perfino nei sogni, che non c'entravano proprio niente con quelli del martedì o del giovedì notte, proprio niente.

A volte mi dico che, se non ci fosse stata Zuellen, a me non sarebbe mai venuto in mente di fare l'attrice.

Succedeva che eravamo in seconda, quando la nostra scuola organizzò una recita di Natale.

Quelli di quarta e di quinta avevano le parti più belle, come il pastorello cinese col kimono o come i tre Re Magi che avevano delle tuniche lunghe scarlatte con dei bordi d'oro ricamati dalla maestra in persona. Giù faceva san Giuseppe e doveva rimanere seduto nella capanna al centro del palco per tutto il tempo senza dire niente, mentre la fila di pastorelli stranieri e personaggi famosi rendeva omaggio a Gesù, cioè al bambolotto della figlia della maestra (che era in seconda e, guarda caso, faceva la Madonna). Zuellen l'avevano strizzata in un body dorato e le avevano messo in testa un cerchietto con tante punte argentate: era la stella cometa che a un certo punto doveva attraversare il palco facendo due ruote, "una parte", immagino, "abbastanza suggestiva perché la ragazzina sia appagata e non abbastanza lunga da correre il rischio che si metta a giocare qualche scherzo strano dei suoi, ché a Natale meglio evitare, almeno a Natale meglio". Il resto delle prime e delle seconde l'avevano insaccato in un camicione, rosa per le femmine e celeste per i maschi, e l'avevano sistemato a circondare la capanna in silenzio per l'intera durata dello spettacolo.

Alla fine dovevamo cantare in coro *Tu scendi dalle stelle*.

Nell'armadio a muro all'ingresso, nella scatola rotonda di metallo in basso a destra, trovate le mie ali di cartapesta. Ogni bambino aveva costruito le sue con l'aiuto della maestra e potete ben vedere che queste, anche se una è un pochino più grande dell'altra, erano venute niente male.

Zuellen, Giù e io non parlavamo d'altro. Zuellen passava i pomeriggi a fare ruote visto che secondo lei le dicevamo che teneva le gambe dritte solo perché avevamo paura di finire impiccati come l'orso di peluche, Giù il più delle volte si addormentava e io i primi giorni saltellavo eccitata da una stanza all'altra, fino a quando mi sono resa conto che da saltare e da eccitarsi non c'era proprio niente, perché nessuno si sarebbe accorto di un angelo in mezzo ad altri cento e io valevo quanto il fondale che quelli di terza avevano dipinto, con le grotte e il deserto.

Un vasetto di porcellana decorato a mano da Matilde andato in pezzi aveva convinto Zuellen a finirla con le ruote e io avevo colto al volo l'occasione per mettermi a fare la lagna e:

«Non è giusto. Io anche se non canto nessuno se ne accorge, capito? Tu non sei molto giusta a esercitarti sempre, uno perché sei già drittissima, due perché non pensi a me! Certo, tu non puoi sbagliare, perché poi tutti ti indicano e ridono, ma io? Vedi che a me non ci pensi? Io posso pure sbagliare, chi se ne importa? Posso pure cantare la sigla di "Lady Oscar" anziché *Tu scendi dalle stelle*, tanto al pubblico mica arrivo io ma il coro, posso pure ammalarmi e chi se ne frega: il coro c'è e lo spettacolo va avanti! Insomma, è peggio correre il rischio di fare una cosa male che non correrlo perché tanto la stai facendo per finta.»

«Mmmh. Questo è un bel casino Allegra, hai ragione.»

«Zuellen, guarda che io sono felicissima che tu devi fare le ruote stupende che fai e che Giù fa il protagonista, però ad esempio che ha Teresa Battinelli che fa la contadina che io non ho?»

«Be', che sua madre è padovana e lei recita la parte in dialetto...»

«E allora io potevo fare una pastorella americana con la parlata di mamma! Vuoi sentire come la so imitare bene?»

«Ma *io* lo so che sei bravissima, Alle, non è questione di convincere me... Qui ci dobbiamo inventare un modo per convincere anche tutti i genitori che vengono a vedere lo spettacolo...»

«Che fai?»

«La candela, mi aiuta a pensare.»

«Certo.»

«Allegra?»

«Eh.»

«Ma tu cosa vuoi fare da grande?»

«Non so... La rivoluzione, credo... Insomma, robe politiche... Be', ma adesso cosa stai facendo, perché ti sei seduta?»

«Posso pensare anche da seduta, se le cose stanno così.»

«Sei arrabbiata?»

«Ma no! È solo che da come parlavi prima, con quella smorfia nuovissima, mi sembravi me guardata da fuori quando penso al mio sogno più grande.»

«Zuellen...»

«Eh.»

«Se ti giuro su Giù che non lo dico a nessuno, me lo racconti?»

«Uff... E come si fa a raccontare un sogno? Io non ho ancora capito quella storia del condizionale e della congiuntivite, pure se la maestra mi ha fatto scrivere una pagina di se io studiassi prenderei buoni voti, figurati se so organizzare un discors...»

«E dài.»

Allora, Zuellen ha fatto una cosa che io mi porterò fino alla tomba.

Si è alzata nel suo metro e un soffio.

Ha cominciato a slacciarsi gli anfibi blu, lentissimamente.

Lentissimamente si è sfilata prima un calzino.

Poi l'altro.

Ha chiuso gli occhi.

Ha respirato portando le braccia in alto e in basso.

Per tre volte.

Si è slacciata la salopette arancione.

La salopette le è caduta ai piedi.

Con un calcio leggero l'ha fatta volare in un angolo della stanza.

Sempre a occhi chiusi si è sfilata via la maglietta con dietro il numero dieci – anche se lo zero si era staccato e rimaneva solo l'adesivo dell'uno.

Adesso addosso solo le mutandine.

Allora.

Le sono sbocciati gli occhi e mi ha guardato per uno di quei momenti dove rischia di passare dentro tutta la nostra storia, e con un ultimo movimento che respirava ancora più delle sue ruote è rimasta nuda.

Allora.

Ha cominciato a carezzarsi la pancia piatta, poi con un braccio l'altro braccio biondo e con l'altro quello, si è accucciata per terra e ha preso a giocherellare con le dita delle mani le dita dei piedi.

Saliva carezze dolci per le caviglie, per i polpacci, le gambe tutte, le ha riunite – le carezze – dove le gambe le si riunivano in riccioli che io non avevo ancora e le ha fatte rimanere – le carezze – lì per un bel po'. Mentre gli occhi le si facevano liquidi e la bocca le si piegava in un sorriso senza scatti così diverso da tutti i suoi.

Allora: «Io» ha detto. «Io» ha detto «voglio che qualcuno si innamori di me.»

Carezze sempre più dolci, sempre più lunghe, più allungate verso dentro fuori da Dallas dal convento dal dolore fino all'inizio di tutto quello che c'era, che c'è.

«Allegra, chiudi gli occhi anche tu.»

Carezze sempre più dolci, sempre più lunghe, più allungate verso dentro fuori.

«A che cosa stai pensando?»

«Al coro degli angeli.»

«Apri gli occhi.»

Mi sembrava fosse passato un secondo e invece, fra che chiudevo gli occhi e li riaprivo, Zuellen si era già rivestita e si era rimessa a testa in giù.

«Tu da grande vuoi fare l'attrice. Pensiamo a che cosa inventarci per farti notare in mezzo a quel gruppo di angeli bastardi.»

L'idea c'era arrivata dopo qualche giorno, mica subito. Avevamo deciso che a un certo punto, precisamente alla seconda strofa, quando attacca "a te, che sei del mondo il Creatore", io mi sarei mossa dalla terza fila dove mi avevano sistemata e sarei andata dritta davanti alla capanna, avrei tirato fuori dal camicione una candela decorata con le foglie di muschio, l'avrei accesa e avrei continuato a cantare così, con gli occhi un po' tonti che mi immaginavo dovesse avere un angelo e che io riuscivo a fare pensando che rivedevo Adriana e riuscivo a raccontarle di Richie che torna a casa Cunningham con Lori Beth e il loro bambino in una puntata di "Happy Days" che lei non aveva fatto in tempo a vedere.

Era tutto pronto e nessuno sapeva niente, la palestra della scuola piena di genitori nonni zii con la telecamera padrini madrine di battesimo, Giù nella capanna a fare la bella statuina, i primi pastorelli cominciavano a scorrere, noi angioletti tutti attorno al palco. Le ruote di Zuellen non erano mai venute tanto bene, lei ancora chiedeva alla maestra dietro alle quinte se era stata più brava della ricciolina di *Flashdance* perché lei sì, si era sentita migliore, dopo la tirata dei Re Magi toccava a noi e già la base musicale era nel mangiadischi e io stringevo la candela nel tascone, quando i miei occhi si sono messi a fare un giretto per il pubblico: e dove sono andati a finire? Su mio padre. Che per una volta non faceva niente di speciale: faceva il padre che guardava la recita di Natale della figlia. E? È stato come se qualcosa di incandescente mi toccasse. Così non ci furono candele accese, niente occhi da angelo tonto, solo un tremolio e le ginocchia che si squagliano e io che comincio a tirare su col naso e mi faccio rossa e scoppio in singhiozzi, e il coro per un po' continua e poi si accorge di me, che adesso mi è preso un attacco d'asma e le maestre tutte si avvicinano e mamma e Matilde si precipitano sul palco, e papà anche e non doveva proprio perché io lo guardo e gli urlo: «Vattene! È tutta colpa tua! Vattene!» e lui è troppo uomo e troppo padre per capire che se dico così è perché voglio che non se ne vada da nessuna parte che non sia con me la mamma e Giù, è perché sento che non è felice, e sono terrorizzata, è perché lo amo, perché nella classifica delle cose importanti, sopra al sogno del sogno di diventare un'attrice, sopra ai gelati pistacchio fragola, a Zuellen che impicca i sudditi, ai cartoni animati delle quattro, io metto lui che mi racconta il volo di Icaro e non parla e mi sorride o qualche volta si arrabbia e gli viene una ruga antipatica sulla fronte, e allora io voglio diventare bellissima per lui, per lui una brava attrice, perché lui mi applauda, perché si applauda, perché gli applausi – provo a confidargli, e invece gli urlo: «Vattene!» – io voglio prenderli per restituirli: lo faccio io se il mondo non lo fa, a te.

E allora: "Resta!" in realtà sto urlando, disperata, mentre continuo a urlare: «Vattene!».

Resta, papà.

Resta.

**Una delle lettere nel baule con sopra la scritta laccata LA CASA DELLE COSE, con la busta rosa con i fiocchetti (non vi fate problemi ad aprirla perché le lettere che ho lasciato le ho lasciate apposta)**

*Pisa, 04-03-1992*

*Cara mamma e caro papà,*

*nonostante mi attanagli forte la nostalgia ("un dolore complesso, fragile e gentile", P. Levi), per l'ennesima volta devo dare ragione al nonno: il dottorato è davvero un mondo a parte!*

*In queste settimane sono immersa nei saggi di Freud sull'arte e sul linguaggio che nella mia classifica personale metterei subito dopo* L'interpretazione dei sogni*: sì, addirittura un pelino prima di* Totem e Tabù *(che ne pensi, mamma? Sono una pazza?). Nei momenti di libertà dallo studio, coltivo le mie nuove amicizie e la prima positiva impressione su Flavia Della Seta si sta trasformando in sincero affetto: certo, a volte mi tempesta di frasi fatte e luoghi comuni, ma in fondo anche Sancio Panza lo faceva e Don Chisciotte, in nome dell'affetto, soprassedeva.*

*Una volta a settimana Flavia e io andiamo all'ospedale di Santa Chiara per trascorrere qualche ora con gli anziani, accudirli e principalmente ascoltarli: il mio amore per gli emarginati, come vedete, non fa che aumentare e, quando per questo ricevo complimenti dai docenti e dai compagni di facoltà, li indirizzo sempre a voi e di conseguenza a Marx. A proposito... ma che cos'è questa storia di Mario Chiesa e della procura di Milano? Fosse arrivato il momento dei conti per quei delinquenti mascherati da politici? Staremo a vedere, io comunque una bottiglia di Dom Pérignon con i miei amici l'ho stappata: si dà infatti il caso che ogni sabato sera la Normale organizzi cineforum o conferenze o qualche volta addirittura feste e ci ritroviamo all together, futuri ingegneri con futuri professori, futuri medici con futuri avvocati con futuri economisti... con future psicologhe!*

*Nella sua lettera, ovviamente, mamma mi chiede informazioni sulle mie conquiste: da un po' di giorni mi si è formato attorno un nutrito gruppetto di ammiratori e un paio di loro non mi sono completamente indifferenti, nonostante uno ieri se ne sia uscito con il già leggendario "la vita mica è tutto un DO UT DAT"!!!!!! La professoressa Giudici, con cui ho sostenuto l'esame di Psicologia dell'arte proprio oggi, mi ha detto che una donna come me avrà serie difficoltà a trovare un compagno degno di lei e rischierà sempre di mangiargli in testa: confortante, le ho risposto.*

*Ma sarà giusto raccontarvi proprio tutto tutto? ("Non ho spirito, Natas'ja Filippovna, ecco perché chiacchiero troppo", F. Dostoevskij.) La mia compagna di stanza, che dorme il sonno delle menti ottenebrate (per dirla alla Pope), ha aperto bocca solo dopo l'ultima telefonata che ho fatto con la nonna, per ammettere di macerarsi d'invidia per la confidenza che ho con lei.*

*Adesso vi saluto, devo scappare in biblioteca altrimenti mi rubano il posto (ci vorrebbe l'intervento della Procura di Milano anche qui!).*

*Quando venite a trovarmi?*

*Abbracci,*

*Vera*

## La cassetta degli attrezzi smaltata di giallo

è sempre stata lì: nell'armadio a muro dell'ingresso. Sì.

## Il garage che ha la saracinesca con sopra scritto CHICCA TI AMO

A quattordici anni Zuellen cominciò a fare cose strane.

Da ormai due mesi aveva smesso di venirci a citofonare e non si faceva nemmeno più vedere a scuola.

Dalla melanconia Giù vomitava tutto anche se non mangiava niente.

Io la andavo a cercare al convento e la Madre Superiora mi diceva mah, chissà, sono troppo vecchia e malandata ormai per preoccuparmi, le ho consegnato un mazzo di chiavi e torna qui per dormire, questo mi basta, il resto lo sa lei lo sa Dio.

Noi di Zuellen e di Dio non ci fidavamo tantissimo, così un giorno Matilde e la mamma si sono appostate sulle scalinate del convento e mezzanotte era passata da un pezzo quando una Maserati, più nera della notte che la sputava fuori, ha sgommato lì davanti e poi è ripartita dando appena il tempo di scendere a una bellezza da togliere il fiato: gambe lunghe completamente nude, culetto sodo fasciato da una mini inesistente, tette enormi strizzate in un reggipetto di paillette, una criniera di capelli disordinati rosso fuoco che le copriva la faccia.

Zigzagando la tipa si è avvicinata al portone dell'ingresso e nervosa si è messa a rovistare nella borsetta e, se non avesse tirato una bestemmia biascicando qualcosa che aveva a che fare con un mazzo di chiavi, Matilde e la mamma non l'avrebbero mai riconosciuta.

«Zuellen...»

«Ah, ciao. Avete per caso le chiavi del convento con voi?»

«No.»

Ricordate che Matilde è quella delle frasi sempre giuste? Bene, in quel momento assicura che non gliene è uscita nemmeno mezza e che quando Zuellen le si è accucciata accanto e ha posato la testolina ancora imparruccata sulla spalla di mamma e si è addormentata russando piano, lei ha cominciato a piangere e non ha smesso fino a quando è arrivata l'alba che comunque dopo la notte c'è e questa è una garanzia a cui fare always riferimento, le ha ricordato la sua Patty, che per tutta la notte le aveva accarezzato, piano, la schiena.

Era successo che un pomeriggio, proprio mentre Zuellen veniva a citofonare a noi, le si era affiancata una Harley-Davidson e un tizio con la faccia coperta dal casco e una treccia grigia lunga fino a sotto le spalle le aveva detto ma sei davvero un incanto, tu. Zuellen aveva ridacchiato e ringraziato, quello si era tolto il casco dicendo grazie a te e così dopo un quarto d'ora al bar della circonvallazione Ostiense lei si divorava un cono tutto cioccolato e lui ordinava la terza birra e dopo un quarto d'ora ancora erano l'uno nella lingua dell'altra e Zuellen pensava che strano!, e non capiva dove in bocca finiva il gusto del cioccolato e cominciava quello di quell'uomo grosso e peloso, con un occhio marrone e uno verde, con le mani che sapevano carezzare e finalmente, per la prima volta, sussurrarle che era meraviglia quello che da sempre le assicuravano trattarsi di peccato mortale.

Era successo che il pomeriggio si era fatto sera e treccia lunga un nome ce l'aveva e si chiamava Michelangelo Tallone e aveva pure una casa e proprio lì aveva invitato Zuellen per cena promettendole patatine fritte e hamburger, e infatti patatine e hamburger erano stati e anche un barattolo pieno di ketchup, e quei due avevano mangiato fino a stare male. Michelangelo aveva chiesto scusa e se ne era andato dalla cucina e dopo un po' la chiamava e Zuellen non capiva da dove venisse la sua voce e aveva fatto capolino in bagno, poi in salotto e alla fine in una stanza con le tapparelle abbassate quasi completamente ma non abbastanza da impedirle di riconoscere su un letto a tre piazze rotondo Michelangelo steso. Tutto nudo.

Io ancora non riesco a essere tanto severa col Tallone, anche se ormai è in carcere da anni e chissà quanto ancora ci rimarrà, perché qualcosa – che forse ha a che fare con la lente colorata ma forse no – mi dice che quella sera Zuellen si sentì mille volte meglio di tutte le sere passate fino ad allora in convento e che quella sera, almeno per quella sera, i baci di Michelangelo la coccolarono come una coperta calda a metà dicembre e quando furono uno nell'altra provò più piacere che dolore e il dolore che provò, comunque, non c'entrava niente con quello che era venuto prima e con quello che sarebbe venuto poi, arruffato fra i ciuffi del parruccone rosso.

Dopo quella sera ci fu la mattina dopo e il pomeriggio e un'altra sera, e Michelangelo doveva essere davvero stordito dal loro incontro se, in una specie di quadernone che la polizia gli trovò il giorno che gli ribaltò casa e i giornali di lì a poco pubblicarono, sotto il nome in pennarello blu ZUELLEN i suoi appunti dicevano "straordinaria: altro che casco d'oro qui d'oro ci è qualcos'altro, fantasia come poche, generosa come nessuna".

Il garage che ha la saracinesca sempre chiusa con sopra scritto CHICCA TI AMO con lo spray, che vedete benissimo se vi affacciate dal balcone del salotto, fino a qualche anno fa era una specie di bar che negli ultimi tempi, per darsi un tono, il padrone chiamava pub e comunque per tutti, dal primo all'ultimo giorno, fu "dal Fetecchia" e basta.

Cesare Galletti aveva le ascelle rancide. O forse erano i piedi o gli rimaneva attaccato alle mani l'odore delle sottilette che ficcava nei toast... insomma, fatto sta che puzzava davvero in un modo indecente e, quando gli veniva l'idea di spalmarsi le guance di un dopobarba al cioccolato, il mix si faceva esplosivo.

Quella che doveva essere la sciagura di quel baretto di periferia dove il caffè si poteva macchiare solo di sabato perché gli altri giorni il latte non c'era e dove i succhi di frutta erano tutti alla pesca, divenne la sua fortuna: la voce del puzzo tremendo di Cesare si sparse presto nel quartiere, che cominciò a chiamarlo Fetecchia anche solo per sentito dire, nonostante fosse impossibile resistere alla tentazione di provare l'esperienza personalmente. E poi i toast a cinquecento lire non li trovavi da nessuna parte. E almeno quelli non erano così male. Quando al bancone poi c'era la signora Fetecchia, i bambini potevano stare sicuri che almeno una caramella gratis la guadagnavano, e succhiarla senza dirlo alle mamme, che l'avrebbero sciolta nel disinfettante prima di restituirla, le dava un gusto tutto particolare.

Io e Giù dal Fetecchia facevamo un salto quasi tutti i giorni, prima che chiudesse e che si venisse a conoscenza di quanto succedeva lì dentro di notte, quando noi non esistevamo.

Chi poteva immaginarlo!

Il Fetecchia aveva una pancia enorme, i capelli ossigenati tagliati a spazzola, sempre la stessa maglietta con un preservativo gigante e la scritta STOP ALL'AIDS, un tatuaggio sul polpaccio con la Lupa che allatta solo un gemello, perché si sa che Remo era della Lazio, e un migliore amico.

Michelangelo Tallone.

I due si erano conosciuti in Curva Sud, nell'ottantatré: Roma-Torino, ultima di campionato. Si erano ritrovati a bestemmiare in piemontese, a cantare ROMA ROMA ROMA / LASSACE CANTÀ / DA STA VOCE NASCE 'N CORO / SO' CENTOMILA CORI / CH'HAI FATTO INNAMORÀ, a lanciare bottigliette di plastica seguendone il percorso con rutti prolungati gomito a gomito e gomito a gomito si erano poi ritrovati a piangere di gioia come vitelli ancora prima del fischio di fine partita, improvvisamente ancora commossi dal miracolo di testa di Pruzzo della settimana prima, finché non fu il momento del fattaccio. Il Tallone, già a quel tempo consumato sciupafemmine, forte del mascellone quadrato all'americana e dei pelazzi bruni che scoppiavano matti dalle sue camicette hawaiane di due taglie più piccole, al goal di Bruno Conti si voltò verso il Fetecchia e gli disse: «Adesso lo faccio», prima di lanciarsi su Tuttatette Titti. Proprio lei, l'unica vera donna della curva, quella che quando arrivava se non ti mettevi a cantare olellè olallà faccela vedé faccela toccà eri senza dubbio frocio, quella che a Samantha Fox le dava le piste, lei, l'Intoccabile, la moglie dello Tzigano, il capo dei capi di tutte le tifoserie, che se ti salutava già potevi stare beato perché per lui una parola era poca ma due troppe, scaricatore al lido di Ostia di non si sapeva bene cosa (ma si mormorava armi), grosso come un armadio e mezzo, un uomo di quelli che li fanno una volta sola e subito dopo buttano lo stampo.

«Adesso lo faccio» disse il Tallone al Fetecchia, prima di lanciarsi su Tuttatette Titti e strapparle via – con un colpo solo! – il top giallorosso con cui quella faceva finta di coprirsi ogni domenica e sventolarlo in aria come una bandiera, continuando a urlare campioni d'Italia e-eh o-oh!, mentre la povera Titti starnazzava come un galletto castrato. Lo Tzigano (ogni suo movimento per quanto era lento e definitivo ne poteva ospitare tre di una persona normale) si voltò, vide sua moglie mezza nuda, le chiese solo: «C'è qualcosa che dovrei sapere?» e quando seppe si fece anticipare solo da una rapidissima occhiata per poi partire a testa bassa verso l'angolo della curva dove il Tallone continuava la sua festa e dove sarebbe morto, se il Fetecchia non avesse assistito a tutta la scena e non lo avesse strattonato più e più volte per indicargli la montagna che stava per franargli addosso e l'avesse preso per un braccio, pronto – come è possibile solo fra chi si conosce in giorni così – a rischiare la sua stessa vita per quello sconosciuto, caricarlo sulle spalle e correre correre correre fuori dall'Olimpico, verso il Lungotevere, fino al suo furgoncino di gelati – così aveva cominciato... –, con lo Tzigano che gli alitava sul collo e che, quando il furgoncino partì, per un tratto di strada continuò comunque a stargli appresso.

Signori Godalla, adesso magari state pensando che va bene la storia delle persone che amo, ma leggere anche quella di questi due poveri disgraziati no, però vi assicuro che quando il Fetecchia l'ha raccontata a me (due volte), dalla commozione gli ballava tutta la pancia e una lacrimuccia l'ho versata anch'io (la prima volta, dal ridere) e, se sono riuscita a essergli fedele nel metterla nero su bianco in questo quaderno, non credo di avervi fatto un torto – e comunque non l'ho fatto a lui perché in fondo la sua impresa si merita di essere ricordata, ecco, mettiamola così.

E poi, in fin dei conti, il patto di sangue del Fetecchia e del Tallone per quanto successe a Zuellen fu fatale, perché se Michelangelo non avesse rifatto il guardaroba a quella nuova bambolina per presentarla con orgoglio al suo amico numero uno e se questo non avesse ribaltato gli occhi dall'ammirazione, non riconoscendo affatto la ragazzina che insieme a me e Giù andava lì fino a poche settimane prima a ingolfarsi la bocca di caramelle, e non le avesse chiesto: «Sai cantare, ballare, recitare, che ne so, fare qualche gioco di prestigio?» e se Zuellen, con la sua solita faccia tosta, non avesse risposto certo a ognuna di quelle domande, non si sarebbe mai ritrovata a diventare, dalla notte dopo a tante tante altre notti, la vera attrazione di quella baracca.

Altro che il tanfo del Fetecchia!

La gente iniziò ad arrivare da tutti i quartieri di Roma per vedere di persona quella bomba sexy in miniatura che dopo mezzanotte – quando la saracinesca si abbassava, i neon del Fetecchia si spegnevano e si accendeva una luce blu fatta montare per l'occasione – sbucava fuori dal sottoscala ogni sera in un abitino più imprevedibile e minimo, ancheggiava qualche minuto facendo il giro del bar, sceglieva un paio di ginocchia sulle quali appollaiarsi e da lì prendeva a raccontare una barzelletta o un film che aveva guardato in tv, e poi sempre, alla fine, di quando la Madre Superiora l'aveva rinchiusa nello sgabuzzino degli strofinacci per dieci ore di fila facendole saltare la cena. Diciamo che tutti, al bar, aspettavano il momento di questa storiella qui, così uno a caso (ogni sera diverso) chiedeva a Zuellen: «E che aveva fatto mai una bambina bella e brava come te per meritarsi una punizione tanto severa?» e quella balzava in piedi sul bancone e rispondeva con la più esplicita delle spiegazioni.

Era stata proprio Zuellen a raccontare le sue ultime settimane a mia madre e a Matilde, appena quella mattina si era svegliata, sui gradini del convento. Non sembrava rendersi esattamente conto di quello che diceva, dava al Tallone del "mio fidanzato", quanto al Fetecchia sosteneva avesse un cuore più grande della pancia, blaterava mozziconi di frasi sulla soddisfazione di guadagnare i suoi primi soldini fra uno sbadiglio e una risatina folle. Matilde e mia madre, alla fine di quel resoconto sconclusionato ma chiarissimo, devono essersi scambiate uno sguardo di quelli in cui si dicevano tutto, poi Matilde si è alzata, ha preso con dolcezza Zuellen per un braccio, le ha detto di correre a lavarsi la faccia, bruciare quello schifo di vestiti che aveva addosso, infilarsi una tuta e aspettarla nella camerata. Mentre Zuellen zampettava a eseguire gli ordini, Matilde si è diretta a falcate minacciose verso l'ufficio della direzione del convento, dove pare che, spalancando la porta senza bussare, abbia trovato la Madre Superiora che arrancava su una cyclette. Matilde non le ha dato neanche il tempo di scendere e, anzi, le ha intimato di continuare a pedalare per non avere il fiato di ribattere ah, perché lei non era lì per chiedere ma per pretendere l'affidamento di Zuellen Salabam.

## La cucina, il terrazzino, il salotto, tutto

Da qui in poi le vicende cominciano ad accelerare e se voglio (lo voglio) che mi seguiate per bene, devo assolutamente fermarmi e ricordarvi che esserino straordinario sia Patty Cow.

In questi giorni gli sconosciuti che vengono a trovarmi e mi fissano strani, a un certo punto mi fanno notare che di mia madre non parlo mai: i più giudiziosi si limitano a chiedermi il perché, gli altri si toccano il labbro e con l'aria di chi ha capito tutto annuiscono e dicono il complesso di Elettra, è chiaro, Elettra.

Il fatto è che io delle parole non mi fido proprio tanto, se mi fido completamente di quello che voglio dire, chiaro?

E anche per questo sto provando a scrivere a voi, perché mi siete stati subito e misteriosamente tanto cari e allora, mi dico, magari raccontando a loro le cose le racconto a me o almeno ci provo.

Forse non mi sono capita, direbbe Zuellen.

Sono vent'anni che cerco il senso del cromosoma sballato di Giù, del fondale dei sorrisi tristi di mio padre, della morte di Adriana, di quanto poi è successo quando tutto si è messo a galoppare, dell'asma di Leonardo, del naso storto di Vera, della paura che un istante prima di chiudere gli occhi mi acchiappa la gola ogni notte – ogni notte.

Sono vent'anni che non lo trovo.

Inoltre: avete presente, signori Godalla, quant'è terribile non sapere se uno sguardo, un cenno, un intero evento ci sia stato anche fuori di noi e abbia sangue e pelle e realtà e non solo il tessuto di carta velina dell'illusione? Ce l'avete presente?

Io sempre.

Per questo mi fido più della lente colorata che fin da piccola ho in testa che di tutto il resto.

Per questo mi fido più di chi è analfabeta che di chi è laureato in psicologia.

Perché tanto il perché di certe cose non lo sapremo mai: se lo sono ingoiato loro, le cose. E allora chi non lo cerca è più intelligente, no?

Non perde tempo e lo affida, il tempo, a quello che c'è. Alle montagne, alle persone, al quarzo, alle persone, alla Coca-Cola, alle persone. O a quello che la sua lente colorata gli permette di vedere, il che fa lo stesso.

Fra tutte le persone che ci sono, poi, ce ne sono alcune che ci riescono proprio bene e tolgono del tutto di mezzo la tentazione di farsi quelle domande inutili.

Di mia madre parlo con difficoltà ai tizi che ogni giorno mi interrogano, proprio per questo: perché lei c'è e lo fa benissimo.

Questa, la sua principale caratteristica.

Ha sempre avuto l'aria di esserne ignara, ma lei c'è.

Lei meravigliosamente c'è.

C'è stata subito per il giovane Thor, quando, bambina qual era, non ci aveva pensato nemmeno un istante a spedire un telegramma in Texas ai suoi per avvertirli che aveva rinunciato per sempre alla carriera di modella e si era innamorata, voleva fare la rivoluzione.

C'è stata subito per quelli della rivoluzione, che rimaneva ad ascoltare ore e ore, e incitava con una cioccolata calda o una carezza di quelle che hanno il coraggio di fermarsi sulla guancia per arrivare fino all'anima.

C'è stata per Adriana, vicino al suo letto non era scoppiata mai in singhiozzi ma al massimo in sospiri, che in un istante nascondeva nel cilindro magico del cuore e, voilà!, diventavano sorrisi.

Nei quadri di Matilde, nei capricci di Zuellen che non voleva tornare in convento la domenica mattina, nel cerchietto rosso con i capillari rotti che si formava a Giù quando per ridere gli attaccavo sulla fronte i pupazzetti a ventosa, nei miei giorni no, in quelli sì, in quelli quasi.

La cucina, il terrazzino oggi senza odori ma ieri scoppiettante di prezzemolo e ciuffi di basilico e Raffaella Carrà e Lady D e le altre spezie non mi ricordo come le aveva chiamate, il salotto, i fermalibri dipinti a mano nello studio, tutto quanto respira ancora e respirerà di lei.

L'abilità di mia madre è sempre stata quella di risolvere o alleggerire le situazioni e poi scomparire, in un gesto apparentemente distratto o in una frase fuori luogo: perché tu credessi di avercela fatta da solo a stare meglio, capito?

Forse lui se l'è scordato ma io non me lo scordo, quando papà tornava a casa sbuffando e io mi chiudevo in camera perché non avevo nemmeno il coraggio di andarlo a salutare, mentre lei non faceva altro che alzare il volume del mangiadischi in cucina, e guarda caso ecco Leonard Cohen attaccare *Suzanne*, che papà nella sua classifica delle cose belle della vita metteva perfino davanti alla sigaretta dopo il cappuccino.

Passavano pochi minuti e li trovavi intrecciati a ballare un lento, e l'arrosto magari in forno stava bruciando, ma era più importante che non si spegnessero loro, che non si spegnesse lui.

A volte a mia madre secondo me mancava il Texas, quando sfogliava e risfogliava per un pomeriggio intero l'album delle nozze dei suoi genitori, quei nonni che io avevo imparato ad amare senza conoscere con tutto l'impeto con cui detestavo la nonna che conoscevo. La loro storia l'avevo ascoltata milioni di volte, ma quando sulla faccia unica di mamma spuntava la nostalgia io capivo: mi andavo ad accoccolare fra lei e l'album gigante, e le chiedevo racconta.

Chiudevo gli occhi io e chiudeva gli occhi lei e in un attimo eravamo a cinquant'anni prima, al confessionale di una chiesetta protestante di provincia, nel paesino di Peachtown, dove una ragazzona con gli occhi blu e le trecce rosse, a testa china, sussurrava davanti a una fessura tutti i suoi peccati e lì dietro un prete giovane giovane la ascoltava e gli sussultava quello che era certo fosse l'anima ma che, presto ebbe il coraggio di capire, era il cuore.

Padre Cow e Geena si sposarono senza fronzoli e troppi invitati ma con una tenerezza reciproca, infinita: chiaro dono di Dio. Che ricambiarono regalando a Dio otto figli.

Patricia, mia mamma, degli otto era la più piccola e la più coccolata dall'intera comunità che, non potendo fare regali per Pasqua e per Natale al loro benefattore padre Cow, perché quello non accettava niente, prese a farli a quella bimbetta bella, che dalla madre aveva ereditato la decisione dei colori e la bellezza e dal padre l'animo generoso e un'innata allegria.

Fu quasi per scherzo che a tredici anni Patricia partecipò a un concorso di bellezza organizzato dal villaggio e, senza nemmeno accorgersi di che cosa fosse successo, si ritrovò su un podio in gesso con una coroncina in testa, un vasetto di pesche sciroppate sotto il braccio e una fascia al collo: Miss Peachtown era lei. Padre Cow non ebbe nemmeno il tempo di interrogare la sua coscienza e di sgridarla per l'inconfessabile felicità che la vittoria della figlia gli aveva procurato, quando arrivò subito l'altra notizia bomba: fra i giurati di Miss Peachtown c'era tal Mister Willy, il più famoso agente pubblicitario degli States («Ma a Peachtown non lo conosce nessuno» borbottò padre Cow alla moglie), pronto a giocarsi la madre piuttosto che rinunciare alla possibilità di fare della giovane Patty una star.

In casa Cow se ne parlò per tre notti e tre giorni di fila, prima tutti e dieci insieme, poi genitori da una parte e figli dall'altra, poi maschi da una parte e femmine dall'altra, poi due a due, poi tutti insieme con Dio, poi con Dio ciascuno in privato, poi uno per volta a tu per tu con Patty, finché Patty partì, trascinandosi dietro un valigione di tela verde pisello (così sta sicura che non se lo perde, aveva pensato la mamma della mia mamma), con il tram che l'avrebbe lasciata alla stazione più vicina, dove l'aspettava Mister Willy per portarla via con sé. Per portarla a New York.

A New York, i primi mesi, la vita non fu facile per Patricia, e le lettere che tutti i giorni le spedivano da Peachtown non colmavano la profonda nostalgia per il suo papà e la sua mamma. Neppure il giorno in cui, appena al primo provino, ottenne la parte per lo spot del dentifricio alla Coca-Cola, riuscì a esultare, e quando Mister Willy, leggermente infastidito, le chiese: «Si può sapere cosa vuoi di più dalla vita?», quella rispose: «Rubare i fiori di zucchero sopra alle torte che mamma prepara la domenica».

Fortuna che il caffè Toffee arrivò di lì a poco e che di lì a poco Patty, con al seguito sempre Mister Willy, fu chiamata in Italia per una campagna promozionale che l'avrebbe ricoperta di denaro, se a Roma non si fosse ritrovata prigioniera della facoltà di Filosofia e se non si fosse innamorata.

Il resto lo sapete.

La nostalgia di mamma la capite meglio se vi dico che, da quando aveva incontrato papà, in Texas a trovare la sua famiglia non era più tornata. Questione di tempo, di soldi, questione di Giù e di me, questione di soldi, fatto sta che da Peachtown mancava ormai da oltre quindici anni e ogni tanto le sarebbe piaciuto fare un'improvvisata, mi confidava.

«Solo per un momentino, capisci Allegra? Solo per rivedere mum and daddy e Sam e Rachel e...» l'intera sfilza dei suoi fratelli, e adesso c'erano anche le loro mogli e i mariti e i figli.

Letteroni settimanali non smettevano mai di tenere informata la mamma su quanto si combinava al villaggio, così come la mamma spediva regolarmente in Texas le nostre foto più belle, tanto da farci innervosire a volte, perché a noi non ne rimanevano più e lei ci rimproverava, disgustata dal nostro egoismo: noi avevamo la possibilità di specchiarci ogni giorno per ricordarci com'eravamo fatti.

«E i nonni e gli zii invece, poveracci, non hanno guardato mai voi.»

Tuttavia mamma, anche per mille volte di seguito, tornando indietro avrebbe fatto la stessa cosa. Anche se fin dall'inizio avesse saputo che non avrebbe più riabbracciato la sua famiglia, comunque dopo la manifestazione nel cortile dell'università avrebbe rincorso quello spilungone che diceva solo cose giuste e belle, e comunque gli sarebbe caduta fra le braccia e comunque gli avrebbe giurato per sempre già da quella prima notte e comunque per sempre avrebbe mantenuto.

Più divento grande e più mi accorgo di come sia terribilmente complesso volersi bene attraverso gli anni e riuscire a rispettarsi malgrado la confidenza e l'alito che certe mattine puzza di quello che la sera prima non hai digerito e le bollette ma non avevi detto che la pagavi tu? No no, e le taglie che aumentano, diminuiscono, comunque deludono, la televisione.

Eppure mia mamma ha danzato attraverso tutto il tempo che ha trascorso con mio padre con l'entusiasmo con cui l'avrebbe fatto alla festa del loro matrimonio, se ci fosse stato.

Perché esser stata Miss Peachtown e Miss Toffee Coffee non reggeva neppure per un istante il paragone con l'orgoglio di portare al dito un certo anellino di plastica gialla.

## Sotto al mio letto

La mattina in cui Matilde e Zuellen sono partite per Lisbona, all'aeroporto piangevamo tutti – perfino papà, l'ho visto io.

Ottenuto l'affidamento, Matilde si era precipitata in questura e dopo un paio di giorni il Fetecchia aveva chiuso per sempre.

Zuellen era troppo frastornata per essere felice o triste o per capirci qualcosa e si limitava a seguire come un'ombra quella che però da subito riuscì a chiamare mamma.

Ricordo come fosse ieri la sera in cui diedero al telegiornale la notizia dell'arresto del Tallone e i grandi mandarono Giù, Zuellen e me in camera nostra. Zuellen continuava a ripetere come fosse un mantra «sta per succedere qualcosa di grande» e io mi ostinavo a spiegarle che già era successo, che più di venire adottata, di vedere il suo fidanzato finire dietro le sbarre e di lasciare il convento che altro di grande voleva?, però alla fine mi lasciai convincere e attaccai la mia testolina alla sua, attaccata alla porta della cucina per origliare.

«Ragazzi, ve lo dico io perché voi non me lo direte mai. Non si potrà andare avanti a lungo così, con Zuellen e Allegra che si dividono un letto da bambina. È chiaro che qui tutti quanti non c'entriamo e mannaggia a me quando ho venduto la casa rossa.»

«Guarda, Matilde, io e Patty ne abbiamo parlato. Le cose sono precipitate con una tale velocità che ora come ora è giusto che voi rimaniate qua, almeno fino a quando non sarai più serena e pronta per una decisione come questa.»

«Ma io l'ho già presa, Ettore. Accetto la proposta di quella galleria.»

«Scusa, Matilde, ma di quale proposta parli?»

«Di quella che due settimane fa ho respinto.»

«Ti ricordo che non l'avevi respinta per fare un capriccio, ma perché quella galleria è in Portogallo...»

«Me lo ricordo. A Zuellen farà bene cambiare aria. E forse è ora che lo faccia anch'io.»

Più o meno questo eravamo riuscite a sentire, ma sta di fatto che da lì a una settimana volavano maglioni, costumi, mutande, deodoranti da tutte le parti, Matilde litigava in un misto di inglese e francese improvvisato con le agenzie portoghesi che non le venivano incontro per rimediarle un appartamento proprio come e dove voleva lei, papà tornava a casa ogni giorno con una nuova curiosità su Lisbona, mamma svuotava e riempiva valigie e chiedeva a Giù di saltarci sopra per chiuderle.

La confusione e la moka appesa a uno zaino, perché non

c'era stato verso di trovarle un angolino in qualche borsa, non riuscirono a fermarle e a fermare quel giorno che arrivò e se ne andò, e Zuellen e Matilde se ne andarono con lui, lontano da Roma, verso Lisbona.

Zuellen, quando già la signorina del check-in le aveva controllato il biglietto e le aveva sorriso, tornò indietro di corsa e strinse forte forte Giù e chissà che cosa gli disse nell'orecchio, e poi strinse me e non mi disse niente ma mi ficcò in tasca la pallina da tennis.

Quella lì, proprio la sua.

La trovereste nel cassettone sotto al mio letto, se non fosse una delle poche cose che ho voglia e bisogno di portarmi via.

A me, quando l'aereo si staccò da terra e lasciò nella tazza del cielo la striscia di schiuma che pochi istanti avrebbero leccato via, mi prese una vertigine, all'altezza della pancia.

A Giù, gli prese la depressione.

**La videoteca nella camera degli ospiti: nello scaffale più in alto ci sono i film americani, in quello sotto gli europei, sotto ancora gli italiani che sono pochi e lasciano lo spazio alla categoria dei miei preferiti, e sotto sotto, più in basso di tutti, i filmetti familiari e**

la videocassetta con la copertina rosa shocking con la scritta sul dorso "Primo convegno sulla lallazione dell'infante intesa come primitiva denuncia contro la struttura filosofica nichilista dell'universo, Honolulu 1996" che vi risparmierei di guardarvi, anche se io, a essere sincera, difficilmente resisterei alla tentazione (come quando ti sporgi da un palazzo molto alto e almeno per un istante la voglia di buttarti giù ti prende).

Vera Salesani terminò il dottorato brillantemente, com'è ovvio, e pare che, laddove non si commossero i suoi, lo fece la commissione, che mai prima d'allora aveva assistito a una tesi tanto brillante.

Molte strade a quel punto si snodavano davanti a Vera e lei volle tornare per qualche settimana a casa sua, a palazzo Salesani (dove sulla targhetta del citofono dell'attico già la aspettava il suo nome), per decidere a quale futuro concedere il privilegio di diventare il suo.

Pare che trascorse quei giorni suonando Bach a più non posso e leggendo Thomas Bernhard in terrazza, giocherellando con le lunghe ciocche ramate dei suoi capelli lisci come solo certe figurine sui geroglifici degli obelischi potevano avere (mai, mai una tinta, un colpo di sole, neppure uno shampoo all'henné).

Per farla breve, la decisione un bel giorno la prese e, se non la prese proprio lei, la prese comunque il gigantesco fiocco bianco che Vera trovò sulla maniglia del numero ventotto della stessa via di palazzo Salesani, dove suo padre quel mattino l'aveva pregata di raggiungerlo.

Uno studio tutto per lei: Vera, confusa e grata, si gettò al collo del padre, che la strinse a sé e le sussurrò commosso, in un orecchio, mi fido di te.

Ma non era finita lì e, tempo una manciata di ore, ecco la prima telefonata di un paziente per Vera (poco importava farle sapere si trattasse del figlio di una lontana cugina Salesani, tanto il cognome era un altro e l'emicrania che lo torturava era chiaramente di origine nervosa) e la seconda telefonata e la terza.

La quarta non era di un paziente, ma del magnifico rettore

dell'Università di Cohimbra, che aveva l'onore di invitarla al primo convegno a Honolulu sulla lallazione e tutta quella roba là sul dorso della videocassetta.

Vera, donna più di testa che di cuore, o meglio – come piaceva dire a lei – che custodiva il cuore come un segreto nella tasca gelosa dell'intelligenza razionale, ancor prima di entusiasmarsi per quella pioggia di grandiose opportunità con cui la vita la stava sorprendendo, si assicurò di esserne all'altezza, quindi il suo studio divenne la tana dove si rifugiò settimane intere a ripassare e sottolineare e scartare pacchi di libri in tedesco che si faceva spedire dai più avanzati ricercatori di Vienna, e a declinare inviti su inviti, fosse pure per un aperitivo.

Oltre tutto, infatti, Vera era una ragazza che innamorava chiunque avesse modo di scambiarci due parole o anche solo semplicemente di ritrovarsi nello stesso luogo con lei, che ogni luogo morbidamente sottometteva a quel suo carisma gentile, alle sue ciglia morbide e lunghe, a quel suo naso imperfetto che suggeriva saperne molto di più di quelli modellati a virgola all'insù, a quelle sue labbra carnose che malvolentieri si piegavano in sorrisi inopportuni e assolutamente mai sfiguravano in una risata scomposta o in un broncio inopportuno. Non faceva proprio niente per attirare su di sé l'attenzione, eppure mai capitava che un suo gesto o una sua osservazione cadessero senza venire raccolti da uno sguardo pronto a riverirli.

A Vera le schiere di corteggiatori non davano più di tanto piacere ma nemmeno noia, e ciononostante liberatevi subito anche solo dell'impressione che si trattasse di una donna fredda.

Tutt'altro.

Io queste cose le so perché me le ha ripetute lei fino alla nausea, dunque non prendetemi per una squallida pettegola se le racconto a voi, tanto ormai già le ho raccontate molte e molte volte negli ultimi giorni, non sono insomma uno scoop.

Vera aveva fatto l'amore per la prima e ultima volta con il suo professore di latino e greco del liceo, poi niente, fino all'incontro con l'uomo che infine sarebbe riuscita a sposare. Il resto, fra quel pomeriggio di brividi e carmi sulla cattedra e l'incontro con suo marito, era stato sesso e basta. Tonnellate e tonnellate, sia chiaro (lei non perdeva l'occasione di ricordarmelo e incitarmi a seguire il suo esempio per fare quella simpatica e se non più giovanissima comunque giovanile, attempata eppur competitiva), ma solo ed esclusivamente di sesso.

«Bisogna distinguere, vedi» mi diceva. «Per quel mio professore io avevo perso la ragione, e non per modo di dire! È stato il primo a guidarmi nel mistero che parte dalla parola e dalla parola prescinde e a furia di seguirlo, incantata, mi sono trovata fusa con lui in una stretta che allora individuavo non come certezza, ché già ero matura abbastanza per essermi scrollata di dosso ogni rimasuglio post-adolescenzial-romantico, ma almeno come possibilità fugace di unione eterna...»

Pensate che da quanto sinceramente quel vecchio professore la amava, fu lui a implorare la giovane e bella Vera di andare incontro a una vita che non fosse il catetere di quella che a lui rimaneva da trascinare. (Ma io mi chiedo e chiedo a voi, signori Godalla: non avrebbe potuto essere un po' più egoista? Fare a lui stesso – e di conseguenza a noi – il piacere di tenersela? Vecchio professore, se tu soltanto sapessi.)

Fu forse in quei giorni che Vera si mise definitivamente il cuore nella tasca della testa e, anche se nei sogni si immaginava infilare le pantofole al suo amato professore e mettere sul fuoco il bollitore per la borsa d'acqua calda, partì.

Alla volta di Pisa, alla volta del suo domani.

Sciami di pretendenti da subito le si attaccarono addosso e lei prese a rifiutare quelli validi, sublimando la loro tensione erotica in vivace corrispondenza intellettuale, e a girare come in una giostra da uno all'altro dei più fascinosi tra quelli assolutamente incapaci di funzionare dalla vita in su.

Nemmeno per sbaglio in quegli anni le scappò di cedere all'illusione che una carezza, quando vogliamo, può portare fra le sue dita.

Nemmeno per sbaglio, né allora né nel suo primo anno di attività – quando sul lettino accanto a un paio di pazienti si stese, ma sempre con distacco, spegnendo il suo registratore appena in tempo e riaccendendolo ancora prima di allungare a quelli un kleenex per darsi una pulitina, se proprio ce n'era bisogno e non potevano farlo una volta a casa, perché a casa c'era la famiglia ad aspettarli.

Nemmeno per sbaglio, né allora né al convegno di Honolulu – dove (come potrete ben vedere se, in una domenica di afa e temporale, non vi sembrerà di avere altro passatempo che quello di infilare quella cassetta nel videoregistratore) cervelli fini non mancavano – a Vera serpeggiò in petto il fulmine dell'innamoramento, tant'è che, a quanto dice, seguendo l'imperativo che le imponeva di evitare il miscuglio di una stima reciproca e dei suoi potenziali sviluppi vantaggiosi con il formicolio di una frettolosa voglia fra le gambe, l'ultima sera, invece di partecipare al gran finale del convegno, con trionfi di frutta esotica e cocktail fosforescenti e musica e il profumo di marijuana che abbracciava tutto, si chiuse nella sua stanza d'albergo, ordinò al cameriere una Caesar salad e trascorse la serata a letto con Caesar salad e cameriere portoricano.

Questa, era Vera.

Conosceva talmente bene l'amore in teoria, che mai si sarebbe permessa di cadere in uno di quei suoi sciocchi tranelli che hanno a che fare con la necessità o la cristallizzazione o, più semplicemente, con la sua inevitabilmente goffa pratica.

Sarebbe stato amore quando l'amore avrebbe avuto a che fare solo con l'amore, che era un mix di tutta una serie di cose cervellotiche ma sentimentali, cervellotiche perché sentimentali, che credo si possano riassumere in come lei scriveva la parola inCONtro.

## Tre dei piatti

Ecco la parte più difficile.

Vi avverto e vi confesso di avere già strappato quattro pagine in cui provavo a cominciare. Magari questa sarà la quinta.

A Giù, ve l'ho detto, quando Zuellen partì per Lisbona, gli prese la depressione.

Da mesi, da quando la sua adorata Casco d'Oro non si faceva più vedere né a scuola né a casa nostra, qualcosa in lui si era inceppato. I suoi occhi, che se n'erano andati sempre dove pareva a loro rispetto all'attenzione, ora guardavano fissi in faccia chi era davanti a lui. Ma erano ebeti. Nemmeno tristi: pieni di niente. Proprio. Vuoti. Invece di mangiare, inzuppava le mani nel piatto e poi se le metteva in faccia e s'impiastricciava tutto, nel mezzo della notte scoppiava a piangere e se provavo ad avvicinarmi a lui per calmarlo mi cacciava via e una volta mi ha mollato un calcio brutto sul fianco, un'altra mi ha graffiato il collo e sembrava un gatto impazzito, non riuscivo a fermarlo.

Quando mamma e Matilde avevano riacciuffato Zuellen per i capelli dal disastro in cui stava precipitando e l'avevano trascinata a casa nostra, lui l'aveva guardata fissa in faccia, come aveva imparato a fare. Ma gli occhi, da ebeti, erano fioriti nel sorriso più bello che avessi mai visto nel mondo. E poi erano scoppiati a ridere e tutti ridevamo pazzi di gioia con loro, finché lui si era fermato davanti a Zuellen e l'aveva abbracciata fortissimo, con la stessa urgenza con cui poi avrebbe dato un calcio e graffiato me, e le aveva urlato cattiva, non mi lasciare più mai più, giura sulla pallina, mai più.

Zuellen non ha mai amato le scene madri, così era sgusciata via dall'abbraccio, gli aveva detto certo Testa a Uovo, però nemmeno tu eh, e un istante dopo eravamo tutti e tre in cucina a spalmare crema alla nocciola sulle patatine fritte, e Giù continuava a dire ancora, ancora ho fame, ne voglio ancora.

Ma di lì a poco Zuellen era partita e, anche se quel giorno all'aeroporto aveva sussurrato all'orecchio di Giù qualcosa che gli aveva fatto di nuovo sorridere gli occhi, mio fratello aveva ricominciato a scuotere il testone a tavola e a urlare di notte, a dare calci, graffiare chiunque gli si avvicinasse e, tanto per gradire, anche a fare la pipì a letto.

Casa non era più la stessa.

Zero.

A settembre avevo iniziato il liceo e andavo tutta fiera delle cose che imparavo e di prendere l'autobus da sola con i miei compagni di classe per andare al cinema il sabato pomeriggio e del vocabolario Rocci che quando c'erano i compiti in classe mi portavo in braccio anziché nello zaino, perché tutti per strada capissero che io sapevo il greco, e poi lo Zefiro, c'era lo Zefiro: insomma, mi sentivo grande e anche un po' giusta, lo ammetto.

Mi sentivo grande e anche un po' giusta, e trovarmi le vaschette dell'ombretto svuotate e il miele nel lucidalabbra e svegliarmi con le narici cariche di quell'odore acido di pipì mi metteva addosso una coperta bagnata di lana cotta.

In un primo tempo mi ero difesa a modo mio, tirando fuori la lente colorata e raccontandomi che quello non era mio fratello, ché il Giù vero se l'erano rapito gli extraterrestri che quand'ero piccola papà per scherzare diceva a mamma si fossero rapita me, e presto lui sarebbe riuscito a liberarsi, superGiù com'era, e a tornare, e allora non mi rimaneva che sopportare questo finto fratello per un po'. Invece la mamma dava l'aria di riuscirci spontaneamente e insisteva ore e ore a spiegare al suo finto figlio quello che era bene e quello che era male.

Papà invece alla storia degli extraterrestri, che pure si era inventato lui, evidentemente non credeva più.

Il malessere di Giù mandava in corto circuito la sua pazienza, già instabile da anni, logorata dall'andirivieni a Zagarolo e dalle riunioni di professori per decidere chi dovesse accompagnare la terza in gita a Torre in Pietra e dal solito Santo Saladino che continuava a venire bocciato e a rispondere scorregge alle interrogazioni.

Tornare a casa, almeno, fino a lì aveva significato mettere fra parentesi quello che non andava, e invece adesso, uscito da un inferno, papà entrava in un altro inferno e il diavolo era proprio il cherubino suo amatissimo. Per la cucina volavano polpette e la carta da parati era a macchie di ragù ormai e, altro che *Suzanne*, adesso l'unica musica era quella di strilla scomposte e piagnistei, e la mamma che non s'innervosiva innervosiva papà ancora di più ma lo innervosivo anch'io che mi chiudevo a chiave in camera e mi tappavo le orecchie e imploravo torna sul pianeta terra Giù, torna da noi, ti prego.

Insomma, lo innervosivamo tutti e un giorno rientrò e ce l'ho ancora sulla pelle, il silenzio con cui mio padre mi ha guardato e poi ha guardato la mamma che raccoglieva le patatine fritte che Giù aveva sparso per la cucina, e ce l'avrò sempre nel cuore, da lì in poi per sempre sbeccato, la voce che vi giuro non era la sua, non era per niente la sua, quando ha detto:

«Patricia»

(e non aveva mai chiamato la mamma così)

«Patricia. Passi che da anni sottovaluti i problemi e passi che a furia di digerirli da solo mi hanno fatto venire l'ulcera. Passi che se ho voglia di scambiare quattro chiacchiere non dico elevate, ma di livello medio-alto, tu mi freni ancora prima di cominciare. Passi che Dostoevskij per te è la marca di un detersivo. Passi. Ma che tu permetta a questa casa di trasformarsi in un ranch: no. Non passa.»

Si è avvicinato lento a mia madre e l'ha presa per un polso, ma senza violenza, che vi assicuro mi avrebbe fatto meno paura dell'umidità che era calata.

«Non passa.»

Mamma non riusciva a sfoderare nessuna espressione, Giù si dondolava su se stesso con gli occhi chiusi, io mi ero stretta le ginocchia al petto e me ne stavo rannicchiata in un angolo della cucina ad aspettare.

«Non passa» e papà ha preso un piatto dalla credenza e lo ha lanciato in aria. «Non passa» e la ceramica bianca del piatto è scoppiata in una nuvola di pezzettini. «Non passa» e un altro piatto volava per la cucina, e già tre dei piatti del servizio con la righina blu come contorno non esistevano più, quando mamma finalmente gli si è fatta vicina e per calmarlo lo ha abbracciato, e io già me la vedevo contro il muro anche lei. E invece papà si è immobilizzato, con un braccio ancora in aria.

«Non passa» ha ripetuto un'ultima volta. Poi si è divincolato dall'abbraccio di mamma. E si è accucciato accanto a Giù, seduto sul pavimento, sempre a dondolare, e ha parlato credo per ore ma non vi so spiegare bene di che cosa perché cominciava una frase e la lasciava penzolare per l'aria e subito ne attaccava un'altra, e c'erano parole ricorrenti come "rivoluzione" e "impegnoculturale" e "possibilità" e "pallepiene", finché si è rialzato da terra e prima di uscire dalla cucina e da casa – non sarebbe tornato per due settimane: sarebbe partito per Burano perché, avrebbe detto dopo qualche giorno, aveva un gran bisogno di riabbracciare sua madre – ha detto: «Giuliano deve curarsi».

«Buongiorno.»

«Buongiorno... professor Lunare, giusto?»

«Giusto.»

«Si accomodi, la prego.»

«Posso fumare una sigaretta?»

«Certo.»

«Vuole?»

«Non posso, ma la ringrazio. Allora... quanti anni ha suo figlio?»

«Quasi diciassette.»

«Non è più un bambino, quindi.»

«Mio figlio è down.»

«Lo so.»

«Sì ma non creda, dottoressa, non è come gli altri, cioè io non è che so come sono gli altri ma Giù è...»

«Chi è Giù?»

«Giuliano, mio figlio.»

«Certo, scusi. Vada avanti, prego.»

«Dicevo che Giù è speciale a modo suo, insomma non è come gli altri ragazzi, non solo nel senso che è handicappato e dunque, senza falsa retorica, peggiore degli altri, ecco, vede... è peggiore di tutti gli altri ma almeno è diverso, mi capisce?»

«Non esiste peggiore e migliore, è il pensiero a renderli tali.»

«Non esiste il bello e il brutto, è il pensiero... Shakespeare, i sonetti.»

«Touché.»

«Insieme ai *Ditirambi di Dioniso*, sono i due libri che tengo sempre sul comodino.»

«Interessante metafora.»

«No no, li tengo lì davvero.»

«Incredibile.»

«C'è qualcosa che non va?»

«Silenzio!»

«Mi scusi, non volevo...»

«Silenzio! Di grandi cose – grande è ciò che vedo! – tacere bisogna o...»

«O parlar con grandezza! Parla con grandezza, ...»

«Mia estatica sapienza! Io guardo in alto, là risuonano mari di luce...»

«O notte, o silenzio, o strepito muto come la morte! Io vedo un segno...»

«Dalle lontananze più lontane, sfavillante»

«Cala»

«Lenta»

«Verso di me»

«Una»

«Co»

«Stel»

«La»

«Zio»

«Ne...»

«Incredibile.»

«Incredibile.»

«Cristo, mentre ero in macchina, arrivando qui, ho cercato di riordinare le idee per consegnarle a lei con un minimo d'ordine, e adesso...»

«Non si deve preoccupare, professore, davvero. L'ordine è l'ultima delle cose che conta qui dentro o, almeno, non è lei che deve preoccuparsene.»

«Be', non si aspetti che quando incontrerà Giù possa farlo lui...»

«Non me lo aspetto.»

«Bene.»

«Bene.»

«Sa, la mia compagna aveva insistito tanto a partecipare anche lei a questo incontro preliminare, ma...»

«Ma?»

«Ma io non ho voluto.»

«Mi parli di sua moglie.»

«Non siamo sposati.»

«Mi parli di lei.»

«Patty è una brava ragazza.»

«Con tutti i limiti dell'espressione, mi pare di intuire.»

«Esatto.»

«Vi siete incontrati molto giovani...»

«Lei aveva appena quattordici anni.»

«Era amore?»

«Bah, non saprei... Sorride. Fa bene.»

«No scusi, non sorridevo per lei o, meglio, non per quello che ha detto, davvero.»

«E allora perché?»

«Perché la camicia che indossa le fa una strana rifrangenza negli occhi. Dicevamo?»

«Ehm... Grazie, comunque. Grazie.»

«Il vostro incontro...»

«Ecco, sì. Ci siamo incontrati ragazzi, sa com'è, il settantasette, io ci credevo proprio, c'era un'aria diversa, un'aria che ti si scioglieva nel sangue e così il sangue ti arrivava alla testa, effetto embolia, mi spiego?, e l'amore allora viene da sé, in automatico capisce, così quando oggi mi chiedo se ieri era amore mi viene da rispondermi che più che altro ieri era ieri, una roba diversa, ecco...»

«Capisco.»

«Diciamo che fino a qualche mese fa le cose non andavano poi male, via, ma da quando Giù...»

«Chi?»

«Giuliano, mio figlio.»

«Scusi, vada avanti.»

«Da quando Giuliano, mio figlio, ha cominciato a comportarsi in quel modo tutto è esploso, porca puttana... oh, mi scusi...»

«Si figuri. È un bene che riesca a buttare fuori un po' di rabbia... Quanto dolore ha in petto, professore, eh? »

«Molto, davvero. Non immagina quanto.»

«Questo lo dice lei.»

«Mi scusi.»

«Non ha importanza.»

«Sì invece, mi scusi.»

«Scusato.»

«È che da anni covo dentro un senso di non appagamento, di rimorso, diciamolo pure, perché magari se avessi seguito i consigli di mia madre oggi avrei una cattedra all'università invece di trascinarmi ogni giorno fino a una scuola pidocchiosa... È da anni che la notte dormire per me è diventato un optional, insomma, però è solo adesso che tutto è davvero scoppiato... Guardi, quando incontrerà Giuliano lo troverà delizioso, sono certo che vi piacerete e lei penserà che io forse esager...»

«Ma io non la giudico.»

«Grazie.»

«Non vedo l'ora di incontrare il suo bambino.»

«Ha diciassette anni.»

«Ah... Be', sì, lo so, ma per me, vede... siete tutti dei bambini...»

«Anche io?»

«Anche lei, professore.»

«Incredibile...»

«Cosa?»

«Le giuro, da un po' mettere anche solo un soggetto e un verbo in fila uno dietro l'altro mi affatica, però qui... è diverso, ecco.»

«Mi fa molto piacere. Torniamo a voi. Lei e la sua compagna avete solo un figlio?»

«No, ne abbiamo due. Giù, per l'appunto, e Allegra, che ha quindici anni.»

«Allegra risente della situazione attuale?»

«E chi sa dirlo? Allegra mi somiglia molto. Nella sostanza, intendo, perché nella forma no: lei ha una chiacchiera che sembra un tapis roulant e non è di quelle ragazzine petulanti che annoiano. Mai, Allegra non annoia mai, ha sempre un nuovo argomento, un nuovo spunto, o parla dello stesso argomento partendo da uno spunto diverso, capisce?, in maniera completamente diversa rispetto alla preceden...»

«Andrà tutto bene, professore, non tema. Ho analizzato a lungo le schede che mi ha spedito l'ASL e sono certa di riuscire a fare qualcosa. Il problema l'ho individuato, è nell'attaccamento morboso di suo figlio alla madre e nella conseguente trasfigurazione della figura materna in tutti gli esseri femminili che lo circondano, compresa questa Sue Ellen...»

«Z. Con la zeta: Zuellen.»

«... Questa Zuellen, a cui mi ha accennato per telefono, la prima volta che ci siamo sentiti... evidentemente la sua partenza ha aperto la crisi che ogni adolescente vive nel suo percorso pre e post-puberale, quando è costretto a dare un taglio al cordone ombelicale, che nel caso delle ragazze è collegato al padre e in quello dei ragazzi alla madre. Di solito questo momento-cesoia, chiamiamolo così, avviene prima e con fenomeni meno evidenti di quelli che mi racconta, ma nel caso di Giù c'è da considerare l'handicap e la personalità caratteriale della sua compagna, da come me l'ha descritta... Perché mi guarda così?»

«Lei è unica. No, non arrossisca. Straordinaria, davvero.»

«Ho ancora così tanta strada da fare...»

«A ogni chilometro ogni anno alcuni vecchi dalla fronte ottusa indicano...»

«Oddio, sa che la deluderò? Prévert... Vediamo... Com'era? Alcuni vecchi dalla fronte ottusa indicano alla gente...»

«Ahi ahi ahi! Ai fanciulli! Indicano ai fanciulli la strada con un bel gesto...»

«Di cemento armato!»

«Grazie di tutto, dottoressa. Che fa?»

«Spengo il registratore... Oh, ma lo facevo per fare, se vuole...»

«Si figuri, spenga, spenga pure, dottoressa.»

«Credo potrebbe anche chiamarmi Ve...»

CLICK

**Il registratore portatile nello scaffale dello studio**

è il responsabile di quanto vi ho qui sopra sbobinato da un nastro che non troverete nella pila vicino al registratore, insieme agli altri che più in là vi chiederò di ascoltare, perché questo nastro qui io lo odio e adesso, pensate un po', lo butto nel cesso oppure gli do fuoco.

**I quadri di Titti e Silvestro**

li aveva appesi papà.

## L'ultimo cassetto in basso a destra dell'armadio dei vestiti di papà

La lente colorata sicuramente io l'ho ereditata da mamma. Che infatti non si accorse subito di quello che stava succedendo. Diciamo che anche quando se ne accorse non è che se ne accorse del tutto e anche quando papà glielo disse chiaro e tondo lei ebbe molte difficoltà a credergli.

Preso dalla smania di far guarire Giù, papà era andato a parlare con le insegnanti della scuola superiore di mio fratello, una specie di istituto a tempo pieno dove a ragazzi e ragazze, che per un motivo o per un altro non ci stavano tutti con la testa, veniva insegnato a cucire, a lubrificare motori, avvitare e svitare bulloni e così via.

Pare che fu l'insegnante di economia domestica di Giù a convincere mio padre che la strada migliore non fosse tanto quella di una terapia psicoanalitica, quanto quella di una terapia psicoanalitica con la dottoressa Vera Salesani, che aveva fatto di lei una donna nuova, le aveva dato il coraggio di mettersi la minigonna, di non riempire più il frigo di porcherie e, insomma, in breve l'aveva messa nelle condizioni di trovare marito (il custode dell'istituto con un occhio che mandava a quel paese l'altro).

Papà si era fatto dare il numero di telefono della dottoressa, l'aveva chiamata direttamente dalla scuola e si era convinto di aver fatto la scelta giusta quando la segretaria gli aveva annunciato di avere il primo spazio libero dopo un mese – spia che dello spazio della Salesani segnalava il prestigio e dunque, va da sé, il valore. (Cominciava a ragionare così, Thor il rivoluzionario? Cominciava a ragionare così.)

Dal giorno dei piatti rotti, mamma a fare finta che tutto andava comunque bene non ci riusciva più tantissimo e le era calato sugli occhioni accesi un sipario di melanconia buia. Papà non accennava a delle scuse nemmeno per sbaglio e la decisione di risolvere i problemi di Giù aveva alzato fra lui e noialtri tre un muro di sospensione, da dietro il quale ci riservava atteggiamenti cortesi e distaccati, quasi fossimo degli estranei che incontrava in fila alla posta – che esistessimo al di là di quella fila chi lo sa, chi se ne frega, non era un problema suo.

Il primo guizzo di qualcosa di buono negli occhi gli è tornato la sera in cui è rincasato da quel benedetto appuntamento, e dovevamo capirlo subito che non era normale la bottiglia di Fragolino che agitava in aria entrando in cucina, ma dopo settimane tanto orribili il dubbio non poteva avere la meglio sull'allegria che ci sorprese. Papà ha acchiappato la mamma per la vita e le ha sbaciucchiato il collo e, incurante di me che stavo traducendo un brano di latino al tavolo da pranzo, le ha detto stasera facciamo l'alba facendo l'amore.

Perfino Giù quella sera a tavola qualcosa ha spizzicato e io continuo a dirmi che se l'effetto e la causa si assomigliassero, invece di essere quasi sempre l'uno il contrario dell'altra, e se papà avesse avuto davvero voglia di fare l'amore con la mamma e non fosse stato mosso dal senso di colpa per la voglia autentica che aveva sfogato poco prima fuori di lì, allora forse mio fratello si sarebbe ristabilito all'istante.

Fatto sta che, se pure confusamente, papà ci ha raccontato il suo incontro con quella che si disse certo sarebbe stata la nostra unica possibile salvezza.

Una donna di rara intelligenza e di indiscutibile professionalità, mi pare ce l'abbia descritta così quella sera. Ma, vi ripeto, anch'io ero ubriaca del nuovo e antico sorriso di papà e mi veniva solo da ridere e da attaccare ventose in fronte a Giù, tanto più che il buonumore, il mattino dopo, a colazione, era ancora lì con noi.

Dalla sua prima seduta Giù è tornato assolutamente uguale identico a prima e io gli ho fatto il terzo grado su cosa si fossero detti e su che tipa fosse la dottoressa, ma lui niente, rispondeva «azzurro e blu» a tutte le mie domande, gli era presa così. Comunque, anche quella notte ha fatto la pipì a letto: ma certo nessuno di noi si aspettava che in una volta si sarebbe risolto tutto (io, se devo essere proprio sincera sincera, sì, un po' me l'aspettavo, ma lasciamo perdere).

Sta di fatto che Giù ha cominciato la sua terapia e papà per accompagnarlo dalla dottoressa faceva i salti mortali ma sembrava felice, sì sì, questa parola qua, nonostante la lente colorata, difficilmente la uso a caso: felice, papà sembrava proprio felice.

Dal canto suo, la mamma associava quell'entusiasmo alla speranza, peraltro da lei naturalmente condivisa, che Giù tornasse in sé, e anche se era lampante perfino a me che papà aveva la testa costantemente da un'altra parte, a lei bastava che si trattasse di una parte che lo teneva allegro.

Le cose cominciavano però lentamente ad assumere strani contorni e adesso che so la verità sono indecisa se raccontarvi quello che per via della lente colorata credevo stesse accadendo o quello che stava accadendo nella realtà.

Forse la via migliore per uscire da questo ingorgo è uno schema:

| LE VISIONI ATTRAVERSO LA LENTE COLORATA | LE BRUTTE COSE |
|---|---|
| Papà finalmente aveva capito che tutto è parte di un incantesimo (se lo vogliamo) e, dopo che per anni a scuola si era trascinato, aveva iniziato a uscire di casa addirittura mezz'ora prima, energico e intenzionato a dare il meglio anche se aveva a che fare col peggio degli altri. | Chissà quanti misteri e segreti insoluti si agitano sotto terra, chissà quante Angkor e quante Atlantidi e quante Mu, chissà quanti amanti, sussurrava Vera a Ettore intingendo il suo cornetto nel cappuccino di lui ogni mattina allo stesso bar, dove li emozionava che la ragazza della cassa li chiamasse signore e signora. |
| Sembrava proprio esser tornato quello di una volta: si era perfino iscritto a un cineforum al centro di cultura giapponese dove andava ogni lunedì e venerdì, e mamma era al settimo cielo perché quello di cui lui l'aveva accusata il giorno dei piatti rotti era assolutamente vero, lei in confronto a lui era una pigna: pur volendo, non avrebbe mai potuto seguirlo nel fare la filosofia. A cui però non era giusto lui rinunciasse. | Due sere a settimana erano tutte per loro e per il mistero dell'altro che li aveva afferrati e trascinati lì, uno davanti all'altra, uno dentro l'altra, a chiamare "prima" tutto quello che aveva preceduto loro due insieme, a innaffiare di whisky le lenzuola, a ballare il flamenco nudi per le stanze dell'attico di palazzo Salesani, mentre dallo stereo la voce roca di García Lorca recitava poesie e poesia si sentivano tutt'addosso quei due, poesia siamo, si dicevano. |

| | |
|---|---|
| Finalmente casa non rimbombava più di silenzi ostili e gravi, ma era tornata a cantare e, anche se non capivo perfettamente cosa ci trovasse papà in quei lamenti per i quali aveva perso la testa e che ci propinava in centinaia di cd diversi che a me sembravano sempre lo stesso, l'importante era che fosse di nuovo musica. | I canti gregoriani erano la colonna sonora del loro amore. Convinta che la più alta forma di perversione fosse il cattolicesimo, a Vera piaceva infilare quelle musiche prima di lanciarsi su Ettore, che chissà quali sorprese le avrebbe riservato da lì a poco... e per sempre?, gli chiedeva lei. Per sempre, rispondeva lui. |
| Un giorno, così per gioco, chiesi alla mamma di insegnarmi a stirare e, anche se marchiai irrimediabilmente un paio di federe e la mia maglietta con Hello Kitty, furono ore di quelle che ballonzolano allegre e leggere, e allegre e leggere stavamo sistemando negli armadi camicie e lenzuola, se non ricordo male cantando *Every Breath You Take* dei Police, quando nell'ultimo cassetto in basso a destra dell'armadio dei vestiti di papà mi accorsi che i calzini erano tutti in disordine e cominciai ad accoppiarli e ripiegarli per benino, finché da uno bordeaux scivolò via un foglietto rosa ripiegato | Gli uomini con cui aveva giocato prima d'allora, fatta eccezione per il professore del liceo che era una storia a parte, non le baciavano neppure i capezzoli come si deve per il senso d'inadeguatezza che li attanagliava, ma Ettore invece era capace di seguirla e a volte anticiparla per ogni dove – o almeno per ognuno dei suoi, dove – e se lo sarebbe tenuto stretto, oh sì, non se lo sarebbe lasciato scappare, e lei stessa si viziava viziandolo con cioccolatini al rum nelle tasche e messaggi nella segreteria del cellulare dove immaginava cosa gli avrebbe fatto se lo avesse avuto lì |

su se stesso e vi giuro che fu d'istinto, senza alcuna intenzione di morbosità (altrimenti non l'avrei fatto, mica sono di quelle che hanno paura di stare bene e setacciano il buonumore per cercare la falla da cui è accidentalmente uscito) che lo aprii e lo lessi. Ad alta voce:

e con stralci dei loro capolavori preferiti che di nascosto gli trascriveva sull'agenda o bigliettini che spruzzava di Chanel N°5 e riempiva di quelle sciocchezze che, si diceva, la passione giustifica. Le stesse che gli aveva dedicato quella sera, dopo aver mangiato sushi uno sul ventre dell'altra:

FARE L'AMORE PER ME NON ESISTE PIÙ COME CONCETTO ASTRATTO. FARE L'AMORE PER ME È FARE L'AMORE CON (E)T(TOR)E. SO ANCORA TUTTA DI SALSA DI SOIA MA, SE NON ARRIVA VENERDÌ E NON ARRIVI TU, IO IN VASCA DA SOLA NON CI ENTRO... UN BACIO DOVE TI PIACE DI PIÙ,

TUA VERONIQUE

## La porta

A questo punto le cose sono andate alla rovescia, perché mamma diceva a papà che magari si trattava di una sua alunna invasata o che quell'Ettore non era lui o che il biglietto se l'era scritto da solo per farle uno scherzo, e papà diceva a mamma che no no, si trattava di Vera Salesani, la dottoressa di Giù, ed era la sua amante da mesi, lui non ci poteva fare niente: niente, ma si era completamente perso, o più probabilmente ritrovato, comunque non le chiedeva di scusarlo e ricominciare da capo, perché lui le voleva un bene dell'anima, dell'anima: davvero, ma la vita da capo doveva ricominciarla con Vera.

Era già l'alba quando mamma ha chiesto a papà: «Perché?».

«Si tratta di una cosa altamente cerebrale» le ha risposto lui e lei è venuta in camera mia dove facevo finta di studiare e mi ha abbracciata forte, tutti i pianti che non aveva mai fatto nel pianto in cui è scoppiata prima di sedersi sulle mie ginocchia e la figlia in quel momento sarebbe sembrata lei, se non avesse tirato fuori un italiano perfetto, fermo e deciso, con tanto di congiuntivi azzeccati: «Allegra, è inutile stavolta dirti che non è successo niente ed è inutile che tu lo dica a me. È inutile anche, spero, che ti dica che tu e Giù siete il senso che do a tutte le cose. È utile che ti dica che anche papà lo è, sì, ancora lo è e sempre lo sarà. Quindi ti sembrerà una bestemmia, ma nemmeno il giorno in cui è morta Adriana mi sono sentita persa come mi sento adesso».

«Ci siamo Giù e io, mami...»

«Ecco, questo è il punto. Giù comincia finalmente a stare meglio, è innegabile, e non sarà per colpa mia che tornerà a peggiorare... tu, Alle, hai quindici anni, sei uno splendore e quando te ne accorgerai avrai il mondo in mano: io non posso, capisci amore? Non posso darvi niente di buono ora come ora e non vi meritate che le vostre maniche diventino i miei fazzoletti da naso: prima di liberarmi del dolore lo dovrò buttare tutto fuori e... non guardarmi così, tesoro, ti prego!»

«Dove andrai?»

«Torno a casa.»

Sono scoppiata a piangere anch'io, e finalmente: perché, da quando papà aveva cominciato a parlare con quella voce che non era la sua, per non sentirla mi tappavo le orecchie e cantavo tutta la colonna sonora di *Dirty Dancing*, ma poi non stavo meglio: stavo peggio. Da vomitare il cuore, mi veniva.

Quella sera ho telefonato a Matilde. Non ho avuto neanche la forza di chiederle come state?, o passami Zuellen, niente, ero certa che sapesse già tutto e volevo solo una parola delle sue. Mi è bastato soffiare alla cornetta ciao e:

«Alle, pensa ai bruchi. Loro credono oddio sto morendo!, e invece di lì a poco si trasformano in farfalle. Ti voglio bene. Ma tanto, eh?»

E insomma, un altro aereo partiva lontano da Roma e dal mio non te ne andare ti prego resta con me, che non ho mai imparato a dire, e dai capricci di Giù, dal tentativo disperato di non volere crescere se crescere significa avvertire di avere dentro un vagone d'immondizia, che non importa se è ordinata nei cassonetti o ammucchiata nel camion o sparpagliata per terra, perché comunque l'immondizia e i cassonetti, il camion e la terra sono tuoi: stanno dentro, dentro di te.

Mamma, il giorno prima di tornare in Texas, è andata a prendere Giù all'istituto e poi insieme sono venuti all'uscita del mio liceo. Rideva in continuazione, ma parecchio strana, rideva come se piangesse: ecco, e ci ha portato a mangiare al McDonald's dell'Eur e poi al laghetto a dare da mangiare alle papere e al luna park dove siccome era lunedì era quasi tutto chiuso, ma a noi anche fare per cinque volte il giro sulla ruota panoramica è sembrato bellissimo, triste come certi funerali, ma bellissimo: come certi funerali, appunto.

«Che cosa succederà adesso?» sono riuscita finalmente a chiederle, mentre Giù girava in tondo su un elefantino volante e io, solo per fare contenta lei, mordicchiavo senza voglia una nuvola rosa di zucchero filato.

«Papà dovrebbe essere già tornato a casa, a quest'ora.»

«Che cosa devo dirgli?»

«Niente, tesoro, non dirgli niente.»

Già, perché, stavo per venire a sapere, si erano già detti tutto loro. Mica loro due, loro tre.

Era passato più o meno un mese dal giorno del biglietto nel calzino e da quando papà era venuto in camera nostra e ci aveva raccomandato di fare i bravi, ché per un po' non ci saremmo visti ma che dovevamo sapere che ci avrebbe pensato in ogni istante. Io non ero riuscita nemmeno a regalargli un bacio o un sorriso per finta, perché guardarlo negli occhi che non reggevano lo sguardo dei miei è stato uno di quei tre o quattro momenti in cui avverti di nascere di nuovo, con la stessa fantastica terribile violenza della prima volta ma con la coscienza di mezzo: non c'entravano i segreti che gli piantavano lo sguardo per terra, no, c'entrava la frana dentro quello sguardo che gli impediva di tenersi su e questo era sconvolgente, capite?, che io ce la facessi e lui no, che lui non ce la facesse e ce la facessi io. Sconvolgente, era.

E come se niente fosse, adesso, su quella panchina di pietra bianca davanti alla giostra degli elefanti volanti, mamma si era messa a raccontarmi che loro si erano visti quasi tutti i giorni, durante quelle settimane.

Quasi tutti i giorni.

Mica loro due, loro tre.

Come se non fosse stata lei la causa di tutto, come se non fosse lei che adesso magari mio padre se lo ungeva di soia tutti i giorni, ecco: la dottoressa Salesani riceveva i miei nel suo studio.

LEI DIETRO E LORO DAVANTI ALLA SCRIVANIA.

E mamma era seria mentre mi raccontava queste cose, vi rendete conto, signori Godalla? Era seria mentre mi convinceva che quella lì comunque era una vera professionista, che le aveva spiegato che l'amore viene ma se ne va dopo un po', se non ci sono certi punti in comune fra due persone che impediscano alla violenza del tempo e dei problemi di ogni giorno di trascinarlo via. Era seria mentre mi raccontava di quando una mattina papà le aveva lasciate sole e Vera era scivolata fuori dalla scrivania e l'aveva stretta a sé promettendole che, se avesse voluto, lei l'avrebbe presa in terapia senza farla pagare, per aiutarla a superare quel periodo tanto doloroso e traghettarla verso il domani che, bella e ancora giovane com'era, non doveva temere, no no.

Altri aneddoti – come quando si era ritrovata stesa sul lettino a raccontare a quella lì la prima volta che le erano venute le mestruazioni o quando le era stato permesso di assistere alla seduta di Giù in cui la Salesani gli spiegò quanto stava succedendo fra i suoi genitori – ve li risparmio, fatto sta che all'improvviso la nausea per quello che stavo ascoltando si è fatta ancora più pungente di quella per lo zucchero filato e:

«Dimmi solo se credi veramente a tutto questo, mamma» le ho chiesto.

«No» ha risposto lei.

Insomma, il giorno dopo mamma se ne andò. Non aveva voluto in nessun modo che Giù e io l'accompagnassimo all'aeroporto, e non aveva voluto nemmeno fare troppe storie. Mi ha fatto la treccia alla francese che da sola non ho mai imparato a fare, mi ha baciato sulle labbra, si è allacciata al collo di Giù che ormai pesava il doppio di lei e dopo un istante la porta di casa ha fatto *scriiich* e si è aperta e ha fatto *sbam* e si è richiusa e noi rimanevamo dentro, mamma no. E, prima di uscire, deve avere nascosto la lente colorata che avevo ereditato da lei.

Perché quel giorno, hai voglia a cercarla. Non l'ho trovata.

## La locandina di *Casa di bambola*

Ho bisogno di una parentesi lunga quanto il respiro che ci vuole a scortare quest'ultimo ricordo, e se ho letto bene il sorriso della signora Tea, per niente indifferente al dolore e alla gioia degli altri, secondo me ne avete bisogno anche voi. Allora vi racconto chi ero diventata io, nel frattempo.

Fino alla partenza di Zuellen e Matilde, io continuavo a non essere Allegra, ma a essere Allegra, Giù e Zuellen. Niente di quello che poteva capitarmi correva il rischio di rimanere uno e di non essere diviso o moltiplicato per tre, a seconda dei casi (che ne so, il mio primo bacio con la lingua, con Gianluca Oliva della terza B nel bagno dei maschi era una di quelle cose da moltiplicare, la bocciatura di Zuellen in seconda media da dividere, la promozione di Giù da moltiplicare e però il fatto che Zuellen non sarebbe più stata al banco con lui da dividere, e così via).

Non è che facessimo niente di speciale, noi tre, ma magari se non fossimo stati insieme ce ne saremmo accorti, ecco tutto.

Io me ne ero accorta quando Zuellen era partita, e, come sapete, a modo suo se ne era accorto Giù.

Più fortunato di me per certi versi, mio fratello poteva fregarsene di andare comunque avanti con la vita di sempre, che invece a me si presentava di colpo come un'enorme massa di pongo informe con il cartellino delle istruzioni che minacciava puoi trasformarla in quello che ti pare ma è ASSOLUTAMENTE VIETATO lasciarla così.

Come se non bastasse tutto questo, capitava che avevo quattordici anni, e cinque mesi prima mi erano venute le mestruazioni e due settimane dopo avrei cominciato il liceo e in fretta avrei dovuto imparare a tenere lo zaino su una spalla sola, a dire porca puttana, ad ascoltare i Take That senza Zuellen, che di solito ci pensava lei a farmi vedere come si facevano le cose e poi io le copiavo, spesso senza neanche capirle.

Non è che non fossi niente se non l'ombra della mia migliore amica e di mio fratello, però io pensavo di sì. Ma per fortuna a volte succede come in certi quiz televisivi: se non sai più che pesci prendere puoi chiedere un aiutino al pubblico. E il pubblico te lo dà.

Succede insomma che qualcosa di cui tu non lo sapevi, ma avevi bisogno, arriva.

E a me l'avrebbe portato il primo giorno di ginnasio.

Dopo infinite prove allo specchio e riunioni di famiglia, per il mio ingresso nella società liceale avevano vinto un paio di jeans chiari elasticizzati, una maglietta azzurra con le maniche blu, lunghe, i capelli sciolti con la frangetta che mamma mi aveva accorciato e spruzzato di lacca con i brillantini.

Strano come quel giorno mi sentissi una dea e oggi a riguardare le foto di quel periodo mi salga su per me stessa una specie di compassione, un po' rabbiosa un po' dolce.

Le cose di cui siamo stati convinti hanno misteriose date di scadenza: all'improvviso odiamo quello che abbiamo amato, ridiamo di quello per cui abbiamo pianto, ci vergogniamo di quello di cui andavamo fieri. Fortuna, insomma, che questo quaderno lo terrete voi e io non potrò mai più rileggerlo.

Ma andiamo avanti.

Quel primo giorno di scuola, fino a partire dalla divisione in classi nell'aula magna, marco istintivamente stretto un tipo grassottello che con il resto della mandria in jeans e magliette a maniche lunghe non c'entrava niente, nei suoi pantaloni a palloncino di mille colori e nel suo camicione bianco con scritto in rosso sulla schiena ho visto cose che voi umani tre puntini di sospensione.

Lo marco stretto e riesco a sedermi al suo stesso banco e non faccio in tempo a dirgli ciao che lui mi regala uno di quei sorrisi a tutta faccia che riescono a cambiarti una giornata, e attacca a raccontarmi subito la storia che almeno in parte devo assolutamente adesso raccontare a voi.

Francesco era figlio di una trapezista di Assisi e di un domatore di leoni polacco, o forse di un nano mangiafuoco: sua madre non l'ha mai capito.

Era venuto al mondo durante uno degli spostamenti del tendone, nella roulotte del capocomico, viziato da tigri e elefanti.

Quando ancora non aveva imparato a camminare, già Francesco sapeva penzolare su e giù dal trapezio con la sua mamma, e vi evito i resoconti di tutti i suoi successi perché già da quel primo giorno di scuola mi ero accorta di quanto gli piaceva dilungarsi al riguardo, e arrivo direttamente alla sera in cui un regista di teatro – che da quanto era bravo era anche andato tre volte al "Maurizio Costanzo Show" – va al circo e vede quel bimbetto e, più che dalle sue acrobazie, viene colpito dalle mille facce che la sua faccia ha a disposizione e, finito lo spettacolo, bussa alla roulotte del padrone della baracca e rimangono a parlare ore.

Il giorno dopo, la mamma di Francesco gli molla una sacca di vestiti in mano e un bacio in fronte: partono le roulotte, parte il tendone, gli elefanti gli fanno ciao ciao con le proboscidi e lui rimane manina nella mano del regista Anteo Antenna, occhi grandi e poche parole.

«... gli serviva proprio un bambino della mia età per la parte di Puck e come puoi ben capire ho da subito cominciato alla grande, tanto che col cavolo che, finite le repliche, mi ha riportato da mia madre come erano rimasti d'accordo, no no: il circo è tornato a recuperarmi e Anteo li ha implorati di lasciarmi con lui.»

Adesso, a dirvela tutta, non so se le cose andarono così o se il circo a reclamare Francesco non tornò mai più, fatto sta che quel giorno mi ritrovavo al banco con un attore vero (come sarebbe stata Adriana se le cose non fossero andate storte), mica di quelli che lo fanno così, per il piacere di sentirsi fichi nel dirlo.

La professoressa di latino e greco nel frattempo era entrata e aveva cominciato a presentarsi, ma io con la testa non ero più in classe: ero già allo Zefiro, dove finalmente sarei riuscita, almeno per un paio d'ore al giorno, a smetterla di pensare a Zuellen che cantava il fado con i suoi nuovi amici o alla pastasciutta che svolazzava matta per la cucina.

La locandina di *Casa di bambola* appesa sopra al mio letto segna un grande traguardo per me: non fui Nora e nemmeno la signora Linde, ma se continuate a scorrere i nomi e arrivate agli addetti ai costumi trovate Allegra Lunare. Insomma, era la prima volta che comparivo su un manifesto.

Anteo Antenna non era un tipo facile ed era il direttore artistico dello Zefiro, il teatro di Colle Oppio, di fronte al Colosseo, dove metteva in scena le sue meraviglie, e stavolta lo giuro: non le chiamo così per quel vizio di migliorare la realtà delle cose.

Non so spiegarvi bene che cosa succede quando il sipario si alza su uno spettacolo dei suoi, davvero, e purtroppo adesso si occupa di scultura ed è partito per Berlino, altrimenti vi inviterei a andarci di persona, allo Zefiro. Vi rendereste conto dell'atmosfera da *sta per accadere qualcosa* che prende a serpeggiare dappertutto e di quel qualcosa che si accuccia inizialmente in un colore, in una luce, e poi arriva alle facce e si spezzetta nelle mani e nelle voci e circola circola e alla fine esplode, ma non fa *bum*, e così che ti salta il petto di fuori tu te ne accorgi magari quando sei in autobus e stai tornando da scuola, il giorno dopo.

Lo Zefiro era diventato subito la mia seconda casa, dove quello che non funzionava nella prima poteva venire accecato da un occhio di bue, mascherarsi, confondersi: sparire.

La prima volta che sono salita con le mie gambe sul palco dello Zefiro sono stata la Madonna.

Ho debuttato nella *Donna de Paradiso* di Iacopone da Todi: quando Anteo ce la leggeva, lì per lì, io non capivo nemmeno in che lingua fosse e immaginavo portoghese, perché il pallino fisso di Zuellen mi rimaneva, invece si trattava di italiano antico.

Sta di fatto che la parte, inizialmente, era dell'attrice preferita di Anteo, una tizia con i capelli lunghi fino al sedere e la fisima di ingrassare anche bevendo un bicchiere d'acqua gassata.

Non immaginate, signori Godalla, che stare fino a quel momento dietro alle quinte per me fosse una malattia. No no.

Certo che avrei desiderato recitare, fosse solo per capire se era davvero mio, il sogno che Zuellen mi aveva detto è tuo.

Ma dovete considerare che mi piaceva anche preparare le crostate, alla festa di Natale d'istituto mi ero baciata con la lingua con uno dell'ultimo anno che giocava a calcio in C2: la mia vita cominciava a essere la brutta copia della vita di una ragazza come tante, insomma. Però, se mi scoppiava in pancia la voglia di piangere o di ridere e avevo bisogno di un senso da dare alle cose, era lo Zefiro il mio posto: Anteo, scorbutico come chi vuole prevenire l'eventualità che lo diventi la vita – ma in realtà ha dentro solo pensieri delicati e stelle cadenti –, credo che ci avesse messo poco ad affezionarsi a me.

Non lo ammetterebbe mai, figuriamoci, ma pensate che persino a Francesco – che gli faceva da amico, primo attore, figlio e fratello da anni –, un bacio sulla guancia non l'aveva mai dato nemmeno per il compleanno e se era contento del suo lavoro non gli concedeva un bravo!, o un sorriso, ma si arrotolava una cartina, ci infilava dentro un po' di tabacco e andava a fumarsi la sua sigaretta a gambe aperte e occhi chiusi nell'ultima fila della platea.

Scusate, mi sto facendo prendere da certi ricordi aspirapolvere del male che vivere mi faceva, in quei giorni: ora recupero il filo.

Quando papà se ne è andato di casa senza neppure riuscire a guardarmi in faccia, un'ora dopo Francesco era qui sotto in motorino e io ho promesso a mamma che non avrei fatto tardi, sono andata via, via da quell'impossibile qui, e all'Antenna è bastato guardarmi in faccia come solo lui sa guardarti e non mi ha chiesto nemmeno se era tutto a posto, perché era evidente che no.

Mi ha detto solo di salire sul palco, e io sono salita.

Così.

Francesco giura che la tizia anoressica, durante tutto il tempo di quello che da lì a un istante si sarebbe srotolato magico, era andata al bar di fronte allo Zefiro, era tornata carica di tramezzini e Magnum al caramello e se li era divorati senza ritegno. Ma io non me ne potevo rendere conto, mentre Anteo da sotto il palco mi chiamava con tutti i nomi dei personaggi che in quei mesi avevo fasciato di corsetti o sottolineato di luci e io rispondevo con mozziconi di quelle battute che in camera mia ripetevo perché mi facessero da scudo contro le assurdità che esplodevano in cucina, e non lo so quanto è durato quel momento: a me è sembrato lungo almeno quanto i miei quindici anni perché mentre ridevo o balbettavo venivano a trovarmi tutte le risate e le tristezze che avevo a disposizione, ed ecco Adriana che assaggiava i miei budini, papà che mi cantava la calunnia è un venticello, ecco una pallina da tennis che rimbalzava, una suora che urlava di spegnere la luce, la mamma che l'accendeva e ci diceva sveglia sveglia, ecco Zuellen che si spogliava e mi confidava io voglio che qualcuno s'innamori di me.

Dodici giorni dopo (31-03-1995) sarei andata in scena come protagonista, sarei stata la Madonna, bisognava fare le persone serie, tuonò l'Antenna. Basta con le stronzate. Chiaro?

Nemmeno un'ora e sarebbe toccato al chi è di scena, stavamo per metterci tutti in circolo e urlare merda!, quando mi è presa la tremarella ai piedi e su su fino alle braccia le dita le unghie e senza bussare mi sono infilata nel camerino di Francesco, che fischiettando si attaccava il barbone di san Giovanni, e ho urlato non ce la posso fare. No, non è vero, non ho urlato niente. Ma lui ha capito.

«Vedi, Allegra» mi ha detto, «quand'ero piccolo, al circo, spiavo accucciato dietro al tendone mia mamma che volteggiava in aria ed era un vero inferno, perché ogni istante ero certo si spappolasse per terra e mi mangiavo le unghie fino a farmi sanguinare le dita, giuro, finché esplodevano gli applausi e arrivava il turno dei pagliacci, che seguivano sempre il numero dei trapezi. Insomma, ci ho messo del tempo, ma poi l'ho imparato. Capito?»

No, non capivo mica. E allora lui mi ha spiegato quello che avrei imparato da lì a sempre.

«Arrivano i pagliacci, presi a ripetermi invece di divorarmi le mani. Tanto, prima o poi, arrivano i pagliacci. Anche se mamma si sfracella al suolo, comunque dopo è il loro turno. Arrivano i pagliacci.»

Rimanevo muta.

«Oh!»

«Che c'è?»

«Ripetilo.»

«Che?»

«Arrivano i pagliacci.»

«Arrivano i pagliacci.»

«Bene. Sistemati meglio il velo.»

«Così?»

«Sì.»
«Arrivano i pagliacci.»
«Anche se adesso ti fa tutto paura, loro poi comunque arrivano.»
«Arrivano.»
«Stanne certa.»

## L'attaccapanni in soggiorno

A casa, eravamo rimasti in tre. Due e mezzo, diciamo, da qualunque prospettiva ci si guardasse. Dalla mia, c'erano Giù e papà, ma io insomma, tanto mi bruciava il cuore il ferro da stiro che la partenza di mamma mi aveva spremuto addosso. Dalla prospettiva di Giù, c'eravamo io e papà, e il posto di mamma vuoto a tavola non sembrava avere migliorato né peggiorato il suo esserci a metà (e con la metà sbagliata) degli ultimi mesi, dopo la partenza di Zuellen. Da quella di papà, c'erano i suoi due figli senza mamma da una parte e dall'altra lui e Vera – e, nonostante si sforzasse, quei due Ettore faticavano a sembrare uno.

Mi domando spesso se magari, a lungo andare, mi sarei abituata a quella vita lì.

Ma preferisco non pensare troppo, soprattutto nel tunnel dei se con la torcia dei forse, perché lo so che è terribile, ma i fatti ci sono e, cosa ancora più terribile, generano altri fatti: insomma, hai voglia a usare la lente colorata. Se lancio un pallone contro il vetro il vetro si rompe, se metto del peperoncino nel sugo il sugo è piccante, se non mangio dimagrisco, se mi do una martellata in testa muoio, senza se e forse.

Dunque, fra imbarazzi, silenzi e letteroni della mamma per

me e Giù, i fatti così come stavano per qualche tempo avevano disertato prima di presentarsi a noi e chiederci: che si fa?

Ricordate, signori Godalla, che ai giorni in cui siamo io, Vera, non l'avevo ancora mai vista. Una notte, prima di spegnere l'abat-jour a forma di piede (vedrete quanto ci si divertirà il bambino, signori Godalla: è di quelle con la luce che cambia colore!), quando mamma non era ancora partita, avevo chiesto a Giù che tipa fosse la sua dottoressa. Alta e brossa, mi aveva risposto lui, per dire alta e rossa o alta e grossa o magari alta rossa e grossa, chi lo sa. A quel punto gli avevo chiesto se facesse ridere, se fosse dolce, insomma, cosa gliene sembrava *come essere umano* e lui ci aveva pensato un po' su prima di masticare, già rinsaccato sotto alle coperte, che lo faceva ridere solo Zuellen, che solo il crème caramel come dolce gli piaceva e che sta dottoressa aveva i piedi brutti e la mania di toccarsi i capelli.

È successo tutto per colpa mia, figuratevi un po'. Magari sarebbero stati gli orecchioni di Giù o il compleanno di papà, non voglio mica dire che se non fosse stato per me Vera non sarebbe mai entrata qui dentro, fatto sta che fu per una mia stupidissima cistite.

In un primo momento parlavo solo con Francesco di questo bruciorino che sentivo fra le gambe e lui sosteneva che prima o poi la verginità in qualche modo reclama di essere scacciata via, ma siccome era la sua spiegazione a qualunque mio problema, anche alle insufficienze in fisica o a quando l'Antenna mi urlava che belavo invece di recitare, non gli davo retta.

Il bruciore, però, era diventato sempre più insopportabile e fare la pipì aveva assunto le proporzioni di un'impresa epica, provavo a buttarmi dell'acqua fredda lì sopra con un bicchiere, a ripetere una parte a caso, a coniugare in greco εἰμί ma niente, faceva troppo male e, se fino al giorno prima invidiavo qualche ragazza della scuola per avere il sedere più alto del mio o il Barbour nuovo, adesso le invidiavo tutte perché potevano fare la pipì senza problemi.

Papà continuava a chiamarmi per apparecchiare la tavola ma quella sera nemmeno alzarmi dal letto mi era possibile. Fare la lagna non mi è mai piaciuto e poi semmai c'era gusto a farlo con mamma, non certo con papà, ma il male mi strappava anche la pancia e i muscoli delle gambe e, se Giù sulle prime rideva come un handicappato (allora lo sei! Lo vedi che lo sei!, gli sibilavo) a guardarmi senza mutande con le cosce aperte sventolarmi con l'ultimo numero di "Topolino", papà si è allarmato subito e si avvicinava ma subito poi si allontanava, tutto rosso, e ripeteva oh cazzo oh cazzo, quando magari non era esattamente quello il momento giusto di tirare in causa anche altre parti compromettenti di noi.

Poi è sparito, l'ho sentito telefonare e di lì a poco il citofono ha fatto quel doppio *driiin* che si usa tra familiari e ho pensato si trattasse del dottor Coreno della ASL, invece si trattava di una signora troppo alta e troppo secca, avvolta in una mantella bordeaux, con il naso troppo a punta e i capelli troppo lunghi e troppo rossi, che come se mi conoscesse da secoli sorridendo mi ha detto «fa vedere» e, dopo avermi guardato fra le gambe prima che negli occhi, «tranquilla, è solo una cistite molto acuta, ma se la fermiamo in tempo non si formerà neanche l'herpes» ha detto. Poi ha chiesto a mio padre di portarle un bicchiere d'acqua, dove ha sciolto la polverina di una bustina blu, e mi ha promesso che se avessi bevuto quella roba la mattina dopo sarei già stata meglio.

Ah. Nel chiedere a papà l'acqua, lo ha chiamato amore.

Non è che quella notte mi sono addormentata proprio facilmente, comunque la mattina dopo in effetti il dolore insopportabile si era trasformato in un pizzicorio leggero, così mi sono alzata per fare colazione, ma lo stomaco mi si è chiuso di colpo quando dall'attaccapanni in soggiorno la mantella bordeaux mi è svolazzata davanti e non ho trovato nessuno, tanto meno la rossa alta e secca e nasona, a dormire sul divano in salotto.

Allora mi è preso di nuovo il bruciore, però diverso dalla cistite.

La vita è fatta un po' così, che tu ti affanni a pensare se in quel punto lì starebbe meglio un pezzettino di lego blu da due o due rossi da uno e, mentre pensi e ripensi, la costruzione si fa da sé, così ti svegli una mattina e in quel punto lì ci trovi un pezzettino verde da tre. Il fantasma di Vera fino ad allora aveva aleggiato su ognuna delle nostre cene, sui nostri silenzi e sulle nostre serate davanti a "Chi l'ha visto?", ma evidentemente sia io che papà aspettavamo il quando e il come giusti, prima che ci pensasse quella sera a dare alle cose una spintarella.

Che Vera ha colto ovviamente al volo.

Tornata da scuola, a pranzo, la mantella era ancora lì e in cucina, seduta al tavolo con Giù, c'era lei.

La secca rossa nasona.

«Ciao bellezza.» Era proprio un vizio non chiamare la gente per nome, allora! Si è messa a spiegarmi che papà era stato bloccato a scuola per una riunione e che in fondo era un bene che potessimo starcene un po' insieme, io e lei, finalmente.

Finalmente, ha detto: già.

Giù sembrava a suo agio e adesso che aveva ripreso almeno a mangiare civilmente, gli era comunque difficile dare importanza durante i pasti a qualcosa che non fosse il piatto che gli stava davanti.

Vediamo se riesco a riportarvi cosa ci siamo dette noi due quel giorno, fra maccheroni al sugo e finocchi al gorgonzola. Vi concedo di fare la tara a quello che scriverò, stavolta, se il peso lordo è il rispetto della verità dei fatti e il peso netto è la mia famiglia che non esisteva più, al posto suo un buco, nel cuore e per tutta la vita.

«Com'è andata a scuola?»

«Bene.»

«La cistite?»

«Benissimo direi. Ho ancora un po' di prurito ma niente a che vedere con ieri.»

«Sono contenta. Parmigiano?»

«No.»

«Senti, Allegra, magari fare finta di niente sarebbe la soluzione più facile ma età, professione e soprattutto carattere me lo impediscono.»

"Puttana stronza vattene."

No, questo non lo dissi. Non dissi niente, credo, e per un bel po': tenetene conto.

«Conosco le regioni della sofferenza dove ti ha spinta quanto è accaduto e ti sembrerà folle che proprio io dica che voglio aiutarti e starti vicina, ma è così, Allegra. È difficile, lo so, e ora come ora ti apparirà improponibile ma io voglio diventare...»

"Cazzo non lo dirai mica? Mica starai per dirlo?"

«... tua amica.»

"L'hai detto."

«Ettore mi parla talmente tanto di te! E Giù, poi. Giù ti adora. Sai che secondo me io e te abbiamo un miliardo di cose in comune?»

"Mio padre. Stop."

«La tua determinazione per il teatro, per esempio. Alla tua età io ce l'avevo tale e quale per la letteratura.»

"Ma che dici? Teatro? Letteratura? Ma come parli? Come cazzo parli?"

«Pensa che una volta avevo un compito in classe di matematica ma mi mancavano poche pagine per finire *Il tamburo di latta* di Günter Grass.»

"Che?"

«E la prof...»

"I vecchi (secchi rossi e nasoni) che parlano da giovani!"

«... si accorse che, mentre tutti si torturavano sulle sue equazioni, io fingevo di occuparmi del foglio che avevo sotto al naso ma in realtà mi beavo del mio adorato Grass... Be', sai cosa le risposi quando quella si mise a starnazzare? Shhh prof, le risposi, non lo vede che sto leggendo?»

"Che risate!"

«Andremo d'accordo, Allegra, vedrai. A proposito, se non ti dispiace, quando finisci di mangiare mi aiuteresti a fare un po' di pulizia nell'armadio a muro in camera? Mi bastano un paio di cassetti, non di più, tranquilla.»

«Ma... per metterci dentro cosa, scusi?» Questo l'ho chiesto davvero.

## L'armadio a muro in camera di mamma e papà

*Arrivano i pagliacci, arrivano i pagliacci,* mi cantilenavo nella testa mentre tenevo aperta l'anta difettosa dell'armadio a muro in camera di mamma e papà e Vera spruzzava dentro a un cassetto per volta uno spray al bergamotto contro le tarme.

*Arrivano i pagliacci, arrivano i pagliacci*: Vera attaccava sulla porta del bagno il poster con Einstein che si fumava una canna e mi faceva l'occhiolino complice, *arrivano i pagliacci,* e mio padre mi portava a mangiare la pizza da Mario al Testaccio e la prendeva larga, tipo non credo sia giusto sobbarcare tutto a te il peso di una lavatrice, il peso insomma di una casa, *arrivano arrivano io lo so che arrivano.*

*I pagliacci*: e chiedevo a Giù che cosa ne pensi tu di questa storia?, e capivo che lui sapeva tutto da un pezzo da come parlava di prima e di adesso, *arrivano i pagliacci,* Vera mi chiedeva se gentilmente quando tornavo dalle prove dopo mezzanotte potevo togliermi le scarpe all'ingresso perché lei aveva il sonno leggero, *arrivano i pagl,* e papà proponeva andiamo tutti insieme a Lisbona per Natale?, allora io e Giù facevamo i felicissimi, i matti, ma Vera diceva eh no Ettore lo sai che ho il corso di aggiornamento in ospedale, *arrivano i p,* lascio la cena in frigo, devi solo scaldarla, dopo il cinema io e papà mangiamo un boccone fuori, non aspettateci alzati, *arrivano,* mamma scrive non preoccupatevi tesori miei qui a Peachtown tutto ok mi mancate da impazzire ma ok, *arrivano,* il lungotevere di mattina è un disastro, quando riesco a raggiungere lo studio sono sempre nervosa e in ritardo, che ne diresti amore se sistemiamo la tavola da stiro in garage e liberiamo la stanza vicino a quella di Allegra e Giù che non serve praticamente a niente?, *i*, si può fare Vera certo che si può fare, così lo studio lo affitti e ci guadagniamo anche qualcosina, *pagliacci?*, attenzione per carità questa scrivania era di mio nonno sollevala da sotto.

Arrivano sempre prima o poi, no?

## Una foto di Dulce Pontes

Arrivarono, finalmente, dopo più di due ore di ritardo, Matilde e Zuellen. Fra una cosa e l'altra, era più di un anno che non ci vedevamo.

Per una decina di giorni sembrava che saremmo stati papà, Giù e io a raggiungerle a Lisbona per Natale, ma evidentemente avremmo dovuto essere papà, Giù, io e Vera, perché quando Vera aveva detto di non potere venire non se ne era fatto più niente.

All'aeroporto Giù correva da tutte le parti spingendomi su un carrello per le valigie e papà leggeva per la sedicesima volta lo stesso giornale, quando dalla porta automatica degli arrivi sono sbucate loro e il cuore mi ha fatto una danza felice come non ne faceva più proprio da quando erano partite e le cose si erano sfasciate, assurde.

Zuellen era ancora più bella più bionda più occhi a lacrima all'ingiù che mai, Matilde aveva un cappottone pieno di pelucchi giallo canarino, nella valigia di quelle due quel giorno c'erano il sole, l'uvetta nel panettone, Natale per davvero.

Papà era piuttosto imbarazzato, lo vedevo chiaramente, ma mi sforzavo per concentrarmi tutta su Zuellen che, sotto braccio a me da un lato e a Giù dall'altro, al parcheggio di Fiumicino già ci aveva raccontato quello a cui la gente che torna a casa dopo tanto tempo di solito nemmeno accenna.

Giù, potete immaginarvi, non stava nella pelle. Ma non per dire: spalmato addosso a Zuellen per l'intero viaggio dall'aeroporto a casa, se quella gesticolava per farci capire meglio un concetto lui partiva come una sirena a piagnucolare mano!, mano!, e lei allora oltre alla mano gli dava un bacio con lo schiocco ogni volta in un angolo della faccia diverso.

Non se la passavano male Matilde e Zuellen, a Lisbona. Al di là di quello che ci raccontavano, parlavano per loro le unghiette di Zuellen tagliate per benino e con un leggero smalto rosa pallido e il "mia" che Matilde scandiva per benino prima di aggiungere galleria, invece di aggiungere "dove lavoro", dopo galleria.

Se state pensando che Vera in quei giorni si premurò di farsi da parte per aiutarmi a credere, almeno finché c'erano le mie adorate, che non fosse cambiato niente, vi sbagliate di grosso.

Insieme alla tavola preparata in salotto con tanto di candele profumate e portatovaglioli in pasta di pane dipinti a mano, appena messo piede in casa abbiamo trovato lei ad accoglierci sulla porta, con i capelli leccati di chi è appena uscita dal parrucchiere e uno di quei sorrisi di benvenuto che nessuno (non io) le aveva dato il diritto di andarsi a fotocopiare dai nostri.

Fortuna che Zuellen parlava e parlava, perché Matilde durante la cena non ha raccolto nemmeno uno dei disperati ponti che papà tentava di costruire perché lei e Vera potessero venirsi incontro, arrivando a fare la figura dello scemo quando ha tirato in ballo la storia della figlia scomparsa di Albano e Romina.

«Vera è certa che non sia morta e secondo me la sua teoria t'interesserà molto, Matilde...»

Ma a Matilde interessavano solo gli gnocchi alla sorrentina che aveva nel piatto e le interessavamo Giù e io, lo ha detto chiaramente a papà, durante la colazione del 25, quando finalmente, almeno per un giorno, Vera si era ricordata di avere una famiglia che a tutti gli effetti poteva considerare sua.

«Non mi piace per niente, Thor.»

«Chissà perché ne ero certo...»

«No, stella, lasciamo da parte per assurdo Patty, Giù e Allegra. È proprio che non mi piace per niente lei. Guarda che è meglio così, sai? Se ho fatto carte false per trovare una settimana di ferie e venire qui non è stato certo per conoscerla e togliermi lo sfizio di farle le pulci. Sono venuta per stare con i bambolotti miei e con te, perché secondo me hai fatto la cazzata più grossa della tua vita, ma non potrò mai smettere di amarti. Se quella lì, insomma, mi risultasse quantomeno gradevole, magari toglierei del tempo a voi, anche solo in termini di attenzione, e sono certa che una volta tornata a Lisbona sarei divorata dai sensi di colpa.»

«Anche tu ci manchi, Matilde...»

«Perché?»

«Come perché? Per lo stesso motivo per cui noi manchiamo a te, credo, insomma...»

«Perché hai combinato questo disastro?»

«Ero infelice, Matilde. Molto infelice.»

«E adesso, Thor?»

«Vera è un fiume in piena. Stiamo curando insieme un volume molto promettente, sui rapporti fra inconscio e letteratura, sai? Se tutto va bene poi, l'anno prossimo finalmente passerò alle superiori, ne ho parlato proprio qualche giorno fa con Florestano che... ah, scusa, sì, Florestano è il padre di Vera... Una testa. Gran classe, intelligenza raffinatissima, è fra gli uomini più accreditati del centrosinistra. Si è indignato che uno come me ancora arranchi alle medie e sai bene, Matilde, quanto ultimamente non riuscissi più a sopportare le mortificazioni della mia situazione. Insomma, ero finito in un vicolo cieco. O mi schiantavo contro un muro o mi schiantavo contro un muro, invece è arrivata Vera e *tac!*, mi è comparsa di fronte una strada. Be', tu non l'avresti percorsa? Credimi, e non lo dico per mettermi a posto la coscienza, lo penso davvero: anche per Patty è stato meglio così. Povero tesoro, quello che non le ho fatto passare nei nostri ultimi mesi insieme! Patty è giovane, bella e sai quanto sia facile innamorarsene: meritava anche lei un'altra possibilità. Magari è successo tutto troppo in fretta, ma... La luna comincia a scalciare un sacco di tempo prima che ci sorprenda la marea, no? E poi con Giù Vera ha fatto miracoli. Poche sedute ancora e crede di terminare la terapia. È una seria, lei, mica di quelle che si trascinano avanti i pazienti anni e anni senza vedere risult...»

«E adesso?»

«E adesso Giù mangia come prima e non fa più la pipì a letto.»

«E tu ti sei messo a parlare a briglie sciolte, sì... Ma adesso, Thor?»

«Cosa?»

«Non sei più infelice?»

A Lisbona, Zuellen, del Tallone e di quel brutto pasticcio là, si era completamente liberata. Passava le giornate fra la scuola, la galleria di Matilde dove si metteva buona in un angolino a fare i compiti e la casa di Dulce, la sua insegnante di fado. All'inaugurazione di una mostra alla galleria, Zuellen, che di solito sonnecchiava in attesa che Matilde sbrigasse tutti i convenevoli, aveva cominciato a osservare da lontano, spizzicando tartine dal buffet, la cantante che intratteneva gli ospiti accompagnata da un pianista, poi era scivolata più vicino e più vicino ancora, finché si era accoccolata a gambe incrociate accanto al pianoforte, con la bocca e gli occhioni sparigliati. Il fado era la colonna sonora di Lisbona, ne era stata investita fin dal primo giorno per le strade, nei bar, alla radio, ma era come se adesso lo incontrasse per la prima volta di persona, perché era il fado, mi disse, che cantava quella ragazza con la faccia di porcellana e i riccioloni neri, mica lei che cantava il fado.

«Guardala, guardala, dimmi se non ce l'ha scritto in faccia!», Zuellen mi ficcava sotto al naso la foto della sua insegnante che teneva nella tasca interna del giacchino a vento verde pistacchio e io non le dicevo hai ragione solo per farla contenta, ma proprio perché mi veniva da darle ragione guardando gli occhioni rotondi perfetti, scuri, di quella ragazza, anche se il fado non sapevo bene che accidenti fosse.

«In Portogallo rido, studio, faccio una montagna di cose, ma c'è una specie di pizzicotto dentro che non mi lascia mai... Siete tu e Giù a pizzicare. E Dulce me lo ripete sempre: il fado è il canto della nostalgia, siete fatti l'uno per l'altra, voi due.»

Non è che Zuellen volesse diventare una star o duettare con la sua insegnante – le piaceva precisarmi –, è che cantare la faceva sentire bene, la faceva sentire nella casa d'infanzia che non aveva mai avuto.

«Tutto qui, non è come il teatro per te.»

Cara Zuellen. Non ho incontrato mai nessuno che se ti guarda sta guardando davvero te e si toglie di mezzo, me ne accorgo adesso per la prima volta. Se non le andava di ascoltarti e aveva i problemi suoi per la testa te lo diceva o si allontanava con la sua pallina da tennis, ma se ti chiedeva vuoi parlare?, o vuoi giocare?, tu potevi parlare e giocare, c'era uno spazio reale per te. Secondo me voi, signori Godalla, siete un po' fatti come lei e con quella stessa attenzione sua mi leggerete. Secondo me sì.

Comunque.

Quei giorni di Natale trascorsero come una canzone dolcissima e piena di ritornelli: Giù era talmente eccitato che ci teneva sveglie fino all'alba a meno che Zuellen non passasse dal mio letto al suo per metterlo tranquillo; a Vera, quando non si aggirava per casa, riuscivo persino a non pensare; Matilde tanto aveva detto e tanto aveva fatto che aveva convinto l'Antenna ad allestire allo Zefiro una prova con tanto di costumi di *Un tram che si chiama desiderio*, quando ancora lo spettacolo non era montato del tutto: solo per lei e Zuellen che, figuratevi, l'anoressica che faceva Blanche non se la filavano nemmeno e a ogni scena della mia disgraziata Stella si lanciavano in applausi e prendevano a bisbigliare – strillando – divina divina divina.

L'assenza della mamma, però, gravava su di noi più di quanto lo avesse fatto e avrebbe continuato a farlo sempre quella di Adriana perché, se in quel caso a portarcela via era arrivato qualcosa a cui non si poteva chiedere la rivogliamo indietro!, in questo caso no: tanto che quando Matilde, alla vigilia della loro partenza, mi ha preso in disparte e senza tanti preamboli mi ha detto devo parlarti di Patty, lì per lì mi si è acceso dentro tutto un fuoco d'artificio. «Torna? Mamma sta per tornare?» le ho chiesto subito e per lei, poverina, mi sa che è stato un dolore vero vedermi quelle lucine negli occhi, perché sapeva bene che quello che stava per raccontarmi me le avrebbe spente.

La mattina dopo, l'altoparlante aveva già annunciato l'imbarco del volo per Lisbona quando Zuellen, prima di abbracciarmi e leccarmi il naso per l'ennesima volta, mi ha infilato in tasca la foto della sua insegnante e mi ha detto appendila in camera e tienila da conto, eh, che quando diventerà famosa tu potrai dire ho una foto di Dulce Pontes.

## La stanza vicino alla nostra

non è vero che non serviva a niente. C'erano sempre state le scope, i detersivi, la scala con quattro pioli per salire poco e dare una pulita alle mensole basse e quella con dodici per salire tanto e dare una pulita a quelle alte.

Il nuovo anno è cominciato facendo avanti e indietro dal garage, con Vera che dava ordini a tutti e chiedeva a papà ma sei scemo?, in continuazione. Sgomberato lo sgabuzzino, ci era toccato ripulirlo da cima a fondo e Giù sì che sembrava uno scemo, perché dovevate vedere come si divertiva a strappare la carta da parati vecchia e ad aiutare papà ad attaccare la nuova (... siate sinceri... non vi ricorda il vomito, quel giallino che ha scelto Vera? È un colore che infonde serenità, diceva lei... bah), mentre io passavo lo straccio sul pavimento e lo scrostavo dallo schifo che in tutti quegli anni si era addensato in tante collinette.

Tipico di Vera era, l'avrete capito, che se si metteva in testa una cosa se la toglieva solo ottenendola. Aveva deciso di trasformare quello stanzino nel suo studio? Tempo nemmeno un mese e quelle tende che vedete già penzolavano alla finestra e la scrivania la chaise-longue le teiere cinesi la lampada a olio con dentro le rose essiccate – tutto del suo studio a due passi da palazzo Salesani – era stato trasportato qui e sistemato, da chi secondo voi?, per benino, con attenzione, ma no Allegra, non così, in fila dalla più grande alla più piccola, non vedi che la teiera blu è più grande di quella bianca?

Forse lo vedevo, sì, ma avevo ben altro per la testa.

Mia mamma si era messa a fare l'indiana.

Ecco cosa mi aveva detto Matilde il giorno prima del suo ritorno a Lisbona. Che papà già lo sapesse, che non fosse proprio un'indiana così come potevo immaginarmela io, con la pittura rossa sulle guance e le penne in testa, che non bisognava per alcun motivo dirlo a Giù non me ne fregava niente, in un primo momento mi sono tappata le orecchie con le mani e ho preso a urlare lalalalalalalalalalalalalalala per non ascoltare, ma poi Matilde mi ha soffocata fra le sue tette immense spalmate di crema alla violetta e mi ha pregato di ascoltare la storia che stava per raccontarmi senza pensare che la protagonista fosse mia mamma:

«Poi ci fai quello che ti pare, tesoro, ma ascoltala come ascolti alla radio la domenica mattina quella roba...»

«Si chiama "Natasha dagli occhi di giada".»

«Ecco. Ascoltami come se ascoltassi quello e immagina. Immagina una bambina che in un anno si ritrova la vita stravolta e, da una fattoria dove la sua mamma, il suo papà e i suoi fratelli la mangiavano di baci, viene scaraventata in un casino di fotografi, impresari senza scrupoli e insalate senza olio, finché un bel giorno arriva a salvarla un principe – non fare gli occhi storti Allegra, ché poi ti rimangono così –, un principe, sì: che cosa c'è di strano? E quel principe la mette al riparo da tutte le urla del mondo e di mondo se ne ritagliano un pezzettino tutto per loro e per due amiche speciali e per due bambini, un maschietto e una femmina che così nessuno li ha incontrati mai... Ma dopo un po' la bambina donna finisce per scordarsi che fuori dal ritaglio di mondo dove giocano lei e i suoi bambini c'è rimasto altro mondo e un giorno più terribile dei peggiori di tutte le favole messi insieme – pensa a quando la Bella Addormentata si punge col fuso e a quando Biancaneve morde la mela, al brutto anatroccolo quando i paperi lo umiliano, alla disgrazia più disgraziata che è capitata alla tua Natasha, unisci tutti questi momenti in uno e non sarà ancora brutto come quello... – il principe si fa triste e sempre più triste e non dice alla sua amata "parti!", ma lei si convince che lui preferirebbe così e parte. E poi, uscita dal suo ritaglio di mondo? Ecco il mondo tutt'intero che la investe. Immagina un miliardo di clacson, un miliardo eh, suonati nello stesso istante: ecco, il rumore che invade la testa della donna bambina quel giorno è ancora più forte, e cosa doveva fare, poverella, secondo te, eh Allegra? Cosa avrebbe fatto Natasha?»

«Avrebbe sbattuto le lunga ciglia morbide dei suoi occhi di giada e un uomo probo...»

«Ma che cosa dici?»

«Ti ripeto a memoria la puntata più bella, quando il padre adottivo di Natasha muore cadendo da cavallo, lei torna in orfanotrofio e incontra il marchese della Mimosa Pallida...»

«Be', Patty non ha incontrato nessun marchese, tesoro. Forse Natasha non era mai stata innamorata prima, ammesso che poi lo sia di questo Mimosa...»

«Oh, sì. Sì che lo è.»

«Bene. Allegra, io so come ci si sente, anzi, come ci si smette di sentire quando la persona che, se tu pensi al Natale, ti viene in mente non passerà mai più nessun Natale con te. La mamma non ha Zuellen e non ha i suoi quadri...»

«Ha noi.»

«Attenzione. Voi *siete* un pezzo di lei, è diverso. Se avesse pensato di avervi, vi avrebbe trascinato in Texas, questo chiodatelo in testa, ma lei le bugie nemmeno se le sa dire da sola e il miliardo di clacson non ha coperto la vocina che le suggeriva cosa sarebbe stato meglio per il futuro tuo e di Giù. Così è partita.»

«Per Peachtown...»

«No, tesoro. Per l'India.»

«Ma se mi ha scritto una montagna di lettere dicendomi che la nonna sta bene, il nonno si sta facendo vecchio e... e le mucche! Il nuovo pastore tedesco!»

«Se vai a controllare il francobollo, ti accorgerai che quelle lettere vengono da Bangalore.»

«Perché mi ha riempito di bugie?»

«Tornare a Peachtown non avrebbe aiutato Patty e nemmeno i suoi genitori, che, figurati, continuano a immaginarsela in perenne luna di miele. Patty mi ha raccontato che all'aeroporto non sapeva proprio dove sbattere la testa – anzi, la vita –, quando si è trovata di fronte alla scena assurda di un donnino ricoperto di veli come una bomboniera colorata che prendeva a piccoli pugni una hostess perché, a quanto pareva, le proibiva di volare con l'animale che spuntava da una cesta alle sue spalle. A Patty sembrava un cagnetto, ma quando si è avvicinata per carezzarlo si è accorta che si trattava di un vitello e il donnino a quel punto l'ha guardata profondamente e pare le abbia detto questo vitello è sacro. Dopo due ore erano sullo stesso aereo.»

«Anche il vitellino?»

«Questo non me lo ha specificato. Fatto sta che quella donna, se non ho capito male, era una delle assistenti di Sai Baba in persona...»

«E chi è?»

«Hai presente Gesù?»

«Certo.»

«Ecco, uguale, però più grasso, con i ricci e dei tempi nostri. Ogni giorno arrivano da lui milioni di persone da tutto il mondo, e tua mamma che non ha mai letto i giornali non sapeva proprio chi fosse, questo tipo, e non aveva nessun motivo per credergli...»

«Allora perché gli ha creduto?»

«Fammi finire! Non aveva nessun motivo per credergli ma neppure per non credergli. E gli ha creduto.»

«Ma a lei quelli che vanno a messa l'hanno sempre fatta piegare dalle risate, ti ricordi quando imitava le vecchiette che si scambiavano il segno di pace senza neanche guardarsi negli occhi?»

«Certo che me lo ricordo, Alle, e non starò qui a dirti che Budda è un'altra cosa da Dio o da Maometto. Ma ti dico che non è nemmeno un'altra cosa dall'uomo che ami o da un orto o da un lavoro...»

«Ma Matilde...»

«Tenta di seguirmi. Ecco, prendi il teatro per te. Non credi che... che faccia miracoli?»

«Certo.»

«Bene. C'è chi a teatro invece si addormenta. Fai di nuovo gli occhi storti, Allegra? Possibile che non mi segui? Se una borsa d'acqua calda non la riempi di acqua calda non serve a niente, rimane così, come una frittella di gomma moscia... Per la vita è un po' la stessa cosa. Bisogna riempirla, è fatta per questo...»

«Ma pensare alla mamma lì, con la tunica da cornacchia che hanno le suore...»

«Se ti fa stare meglio, la sua tunica è arancione.»

«Ah. Sì, un po' meglio mi fa stare.»

«Immaginavo.»

«Matilde?»

«Sì?»

«Perché non me lo ha detto lei? Perché mi ha riempito di bugie?»

«Perché a volte siamo fragili. Troppo fragili. Tutti. Perfino Patty.»

Ovvio è che, appena ha saputo che io sapevo, Vera mi ha regalato un librone sul buddismo e uno dei Ching, che sono quelle frasi che tu apri il libro a caso e ne trovi una che fa proprio al tuo, di caso – anche se quasi tutte parlano di vita, morte e amore, e sfido a trovare qualcuno che abbia problemi che in qualche modo non abbiano a che fare con queste tre cose. Insomma, Vera mi ha regalato questi libri e mi ha detto che se avevo bisogno di parlare, lei non aspettava altro: forse è stato proprio il confondere la possibilità di confidarmi con quella di confidarmi con lei che, anche in questo caso, mi ha portato a riderci su, a dire ma va tutto bene!, va tutto bene!, e a convincermi che mamma doveva essere bellissima anche con la testa rasata a zero, in fondo a teatro c'è chi si addormenta, no?, ripetevo anche a papà quando provava lui – finalmente – ad affrontare la questione. E tanto poi arrivano i pagliacci. No?

Il giorno in cui Vera ha cominciato a ricevere i suoi pazienti nello studio attaccato a camera mia, ho aperto il libro dei Ching e quello mi ha rivelato: "Il continuo incremento della nostra esistenza è un viaggio mistico e pervaso di gioia, ricolmo di esaltanti sorprese e di nuove illuminazioni interiori. Alla fine la ricompensa avrà ampiamente meritato il viaggio, quand'anche non ci avesse offerto tutte le risposte".

Comodo, così.

## Il bagno della stanzetta mia e di Giù

Dunque, adesso dovete proprio fare attenzione. Avete presente il bagno della camera mia e di Giù microscopico, con la porta che scorre – anche se si blocca a metà? Ecco. A me è sempre sembrato perfetto nel suo comportarsi da bagno, ma scoprirete subito che la parete che lo separa dalla stanza da cui è stato ritagliato, se si soffia, cade giù. Questo fatto non era mai stato un problema, perché sapete cosa gliene frega alle scope alle scale e alla tavola da stiro se tuona lo sciacquone del water o se ascoltano gli sforzi di quando uno non riesce proprio a farla tutta, ma dal giorno in cui lo sgabuzzino è diventato uno studio, Vera per prima cosa ci ha raccomandato di utilizzare l'altro bagno, mentre lei era in seduta, e di non lasciare la radio accesa vicino al lavandino: un po' di rispetto per chi lavora, insomma, un po' di rispetto.

Del rispetto che chi lavora avrebbe dovuto mantenere verso chi non lavora, però, non se ne parlò mai e a dirvi la verità nemmeno io ci pensavo, così quando la prima paziente è arrivata a casa nostra e io me ne stavo tranquilla alla mia scrivania a ripassare greco, ma poi i capelli mi cadevano sulla faccia e in punta di piedi sono andata in bagno a prendermi un mollettone, assieme al mollettone ecco un lamento rauco: sono sicura che vuole lasciarmi sono sicura che ha già pronte le carte del divorzio e aspetta solo che io scali gli psicofarmaci per dirmelo.

Voi che avreste fatto, signori Godalla? Io mi sono messa buona buona a gambe incrociate sul water ad ascoltare.

## Sul tavolo in cucina

Alla fine Francesco mi ha convinto. Insomma, la prima volta che ho fatto l'amore, l'ho fatto con lui.

L'ultimo anno di ginnasio era finito, Francesco era certo di essere stato bocciato e quando sono usciti i quadri ha chiesto a me di andarli a vedere per poi dargli la notizia nel modo più divertente possibile.

Avevamo appuntamento davanti allo Zefiro e credevo sarebbe stato piuttosto divertente presentarmi con la faccia triste triste e poi dirgli che gli avevano dato greco, latino e inglese ma ce l'aveva fatta; invece, appena mi ha visto venire avanti col muso, Francesco ha sputato una bestemmia in rima ficcandoci dentro cinghiali e savoiardi e ha mollato un calcione a un cassonetto dell'immondizia, e ho dovuto ripetergli tre o quattro volte scherzo!, prima che il concetto gli fosse chiaro.

«Andiamo a ubriacarci?» mi pare di avere proposto io.

«No, dài, facciamo l'amore.»

Be', è successo. In un camerino dello Zefiro. Francesco per fortuna non era alla sua prima esperienza, perché l'attrice che non aveva mai fame ne aveva in realtà una immensa d'amore e non c'era motivo per schifare proprio lui, e poi a quanto raccontava c'era stata anche la professoressa di educazione fisica – ma a questo io non ci ho mai creduto.

Fra noi di amore non si trattava mica, ma quel giorno mi sono detta che prima o poi avrei dovuto cominciare e allora tanto valeva farlo con chi in mutande mi aveva già vista un migliaio di volte e conosceva la mia risata, sapeva che se mi grattavo un orecchio ero lì lì per piangere, che la mattina a colazione mangiavo lo yogurt con il miele e il muesli, che ero allergica ai gatti e alle graminacee.

Voleva che ci spogliassimo ognuno per conto proprio, ma io ero convinta che almeno un bacio in bocca prima di cominciare dovessimo darcelo, e mentre ci baciavamo ci ha preso tutta una cosa dentro e un po' me lo sono dimenticata, che era Francesco quello che mi stava sbottonando la gonna jeans mentre io gli abbassavo i pantaloncini da calcio con cui andava in giro da marzo a novembre.

È stata una cosa veloce veloce e a dirla tutta magari non è che proprio è successo successo, però in quel momento mi sembrava di sì e, che in quel modo si facessero i bambini, mi emozionava come solo prima del primo ricordo secondo me è possibile emozionarsi.

Francesco poi continuava a carezzarmi, dolce, e a chiedermi scusa di non capivo allora che cosa, quando la tosse da tabacco dell'Antenna ci ha annunciato il suo arrivo in teatro e, anche se ci siamo rivestiti ancora più rapidi di come ci eravamo spogliati, fare finta che passavamo di lì per caso non è che è stato il nostro spettacolo migliore.

Dopo quella volta, con Francesco è successo ancora e ancora, diciamo che l'estate l'abbiamo passata a fare quello ogni giorno, in un modo e in un posto diversi, finché alla fine d'agosto (quel pomeriggio prima di andare alle prove a casa non c'era nessuno, avevamo comprato una vaschetta di gelato al pistacchio, ci eravamo spogliati, ci eravamo spalmati tutti di gelato, leccati dalla testa ai piedi e poi l'avevamo fatto selvaggio sul tavolo in cucina) l'Antenna ci stava facendo fare gli esercizi di respirazione e allo Zefiro entrano senza bussare due tipi strani pieni di tic e dicono di cercare nuovi volti per lo spot di una nuova marca di patatine, che non fanno rumori quando le mastichi.

E? E Francesco è partito per Milano due giorni dopo. Cominciavo a pensare che forse era destino che quelli che amavo io prima o poi se ne andavano tutti e che forse il segreto, allora, per mantenere ferme nella mia vita le persone, era odiarle. Stavo ancora riflettendo su come riuscire a farlo, quando Francesco senza bisogno del mio odio è tornato a Roma, tempo nemmeno una settimana. Ma, proprio come era successo a Giù, sembrava che il vero lui se lo fossero rapito gli extraterrestri.

Fare la televisione gli era evidentemente piaciuto tanto e parlava in uno strano gergo un po' inglese un po' qualcosa e il giorno dopo lo aspettava un provino per una fiction su un prete che ama i giovani, bella storia, diceva, io sarei uno spacciatore che perde la testa per una che canta in chiesa, un po' soapish ma chissene, è la televisione bellezza, e l'Antenna lo fissava sorridendo e mi irritava anche lui, ma allo stesso tempo mi commuoveva, perché ho sempre avuto un debole per quello sguardo tutto particolare e lampeggiante che solo in pochi (in me no) riesce ad accendersi quando chi amiamo è felice, senza che lo spenga di botto l'interruttore di una gelosia, un pensiero, un timore, un giudizio, tanti giudizi.

Insomma, Francesco ha cominciato la sua carriera di divo televisivo e io ci provavo, ma non riuscivo proprio a tifare più per lui che contro la malinconia che mi prendeva per chiamare mio anziché nostro il camerino dello Zefiro.

Non ero mica innamorata di Francesco, no. Se essere innamorati significa non capire più non solo chi è l'altro, ma nemmeno chi sei tu, come avrei scoperto da lì a poco, non lo ero. E non lo sono stata di Pascal, nonostante suonasse la chitarra, non lo sarei stata di Bruno, alto un metro e ottantasette, di Gregorio che sapeva a memoria il primo capitolo dell'*Ulisse* di Joyce, di Matteo fotocopia di Ricky Martin, vi giuro, spiccicato, insomma: nella bobina degli anni passavano facce e volavano baci e pensieri prima di addormentarsi, com'è naturale che sia, ma amore, ecco: amore non l'avevo detto mai, mai l'avevo pensato, amore mai mi aveva pensata.

Passavano gli anni, dicevo, e mentre io mi dividevo fra lo

Zefiro, le versioni e gli amori-non-amori, la mia gente mica se ne stava tranquilla.

Zuellen della scuola si era stancata presto e del fado non si sarebbe stancata mai: la sua maestra Dulce l'aveva infilata in una specie di coro che girava per i ristoranti tipici di Lisbona e lei mi sembrava serena, per quanto una come Zuellen possa sopportare il peso della serenità. Lei e Matilde ci venivano a trovare a ogni Natale e un anno ci fecero un blitz anche a Pasqua, ma la breaking news, per dirla come l'avrebbe detta Francesco, la breaking news è che, finito il suo istituto professionale, Giù, serio come non l'avevo visto mai, ha chiesto come regalo per il diploma a papà e a Vera di mandarlo in Portogallo.

Per una settimana.

Che sarebbe durata tutta la vita.

Chi, per conto di Dio, aveva tolto a Zuellen un papà, una mamma, le corse di domenica dietro ai piccioni di piazza Navona, e si era poi in parte rifatto regalandole noi, Matilde e il fado, non le aveva però ancora concesso, non dico di realizzare, ma anche solo di respirare in lontananza l'abbraccio del suo sogno con la realtà. Io mica mi potevo definire ancora un'attrice, ma il rumore che i miei passi facevano sul palco lo conoscevo, lei no, il rumore dei passi di un uomo che l'amasse con l'intensità che lei, quando eravamo bambine, mi aveva confidato di desiderare sopra a ogni cosa, non l'aveva neppure ascoltato di sfuggita. O almeno così sembrava. Non era certo possibile fosse il Tallone, né il fidanzato di Dulce che una sera l'aveva accompagnata a casa dopo uno spettacolo, né il ragazzotto col ciuffo ossigenato che girava con lei per ristoranti accompagnandola con la chitarra. Insomma, niente di niente, mi scriveva, o almeno così sembrava.

Già. Finché, dopo il suo diploma, Giù se ne è partito per Lisbona e nel suo valigione non ci ha ficcato asciugamani e vestiti, no no, lo ha riempito di regali per Zu, come continuava a ripetere in un tormentone, solo regali per Zu solo per Zu regali.

«I vestiti li trovo lì, li compro, i regali per Zu no.»

Avrei dovuto essere con loro per capire bene come sono andate le cose, così non so dirvi se è stato il fatto che con i desideri prima o poi bisogna venirsi incontro perché si realizzino o se è stata la foca enorme di peluche o l'Atlante delle Isole Che Non Ci Sono o chissà quale regalo di Giù, o magari un tramonto di Lisbona messo per sbieco. Fatto sta che Zuellen aveva capito che le cose, a volte, è la vicinanza che ci frega e non ce le fa vedere bene, e che se Giù l'avesse conosciuto "a lezione di fado o dal fruttivendolo, mi sarei detta è lui, l'ho trovato, è l'uomo della mia vita. Allora mi è bastato fare due passi indietro, Allegra, dimenticarmi di averlo visto nudo mille volte e mille volte averci fatto il bagno insieme e di sapere che medicine prende, e vualà!", Zuellen, tesoro mio, come mi manchi, come sempre mi mancherai... "Era lui! Adesso penserai che sono ancora più matta di quello che tutti hanno sempre pensato, che Giuliano ha i suoi problemi e che io li conosco bene, però che cosa ci posso fare? Non sono stata mai così felice di svegliarmi la mattina e quel *murble murble* di cui ti avevo scritto nell'ultima lettera, che non smetteva mai di disturbarmi la testa anche quando mi divertivo, è finito. Anzi. Si è trasformato: adesso è diventato *smack smack* e *muah muah*. Il ristorante dove Giuliano ha trovato lavoro come guardarobiere, fra l'altro, è uno di quelli dove mi esibisco, dunque stai tranquilla e tranquillizza anche Ettore, che ha chiamato la mamma agitatissimo: finché ci sarò io all'amore mio non capiterà niente di male. Mai. Quando vieni a trov.?"

La vita di Giù purtroppo dicono tutti che durerà poco: mi dispiace buttarvela lì così, ma prima o poi dovevo farlo. Lo sapeva la mamma quando partorì e uscì fuori quel bambino molle e buffo, lo sapevano papà, Adriana, Matilde, lo sapevo io, lo so, lo sappiamo, lo sapevamo tutti quando il medico ha detto la sua e abbiamo deciso di viverla così com'era, di viverlo così com'è: e, su tutti, nessuno mi toglierà mai dalla testa che lo sappia Zuellen e che forse proprio per questo, ancora prima di realizzarlo, ha deciso di regalare a lui il suo sogno d'amore.

Ma intanto Giù è vivo e innamorato, e voi dovete pensarlo così, con la bocca aperta e gli occhi strabici mentre Zuellen gli prende la mano, se la infila nelle mutandine e gli sussurra sì, sì.

Gli anni passavano, dicevo, e mentre io mi dividevo fra lo Zefiro, le versioni di greco, gli amori-non-amori, e a Lisbona Giù appendeva cappotti mentre Zuellen cantava e poi tornavano insieme da Matilde che li aspettava con l'acqua già a bollire per la camomilla, la mamma dall'India una volta al mese mi spediva una lettera-diario dove giorno per giorno mi raccontava senza più bugie quello che le succedeva e, se facevo lo sforzo di abbassare il volume alle storie di acqua che improvvisamente si metteva a zampillare e dislessici che prendevano a parlare speditamente, la potevo avvertire: quella specie di pace che sembrava proprio avere conquistato.

Florestano Salesani ce l'aveva fatta a spostare papà alle superiori, in un liceo di Roma, mentre Vera macinava nuove specializzazioni, collezionava nuovi clienti, che lei mi sgridava quando li chiamavo così invece di pazienti, e aveva vinto un premio importantissimo a Vienna per una ricerca sulle variazioni d'umore della signora Alighieri, a partire dal primo sonetto scritto dal marito su Beatrice, preso come divertissement, fino alla *Divina Commedia*, dove Beatrice finisce in Paradiso vicino alla Madonna – qualcosa del genere.

Di origliare le sedute mi ero stancata ancora prima di cominciare, come spesso accade con le cose che non dobbiamo sforzarci a conquistare, ma per capire perché un giorno mi sono ritrovata di nuovo a gambe incrociate sul water ad ascoltare, dovete tenere a mente che Francesco ormai era diventato il testimonial di una candeggina per capi delicati e Giù era lontanissimo: insomma.

Che a quel punto fossi rimasta completamente sola era un dato di fatto.

Ricapitolando, dunque.

Sono passati degli anni.

Mamma continua a fare l'indiana.

Francesco fa la televisione.

Giù vive a Lisbona con Zuellen e Matilde.

Papà insegna alle superiori.

Lo studio di Vera è ancora quello attaccato al bagno della mia camera.

Io ho quasi diciannove anni.

Sono rimasta completamente sola.

**Le foto incorniciate e il calendario dei Beatles**

anche questi li avevi appesi papà.

**La pila di cassette accanto al registratore portatile nello scaffale dello studio**

Non lo sapevo ancora, mentre quel giorno mi lavavo la faccia dopo il sonnellino pomeridiano, che il rumore di fondo che ormai era diventato per me il chiacchiericcio nella stanza accanto si stava trasformando in una voce che, senza chiedere posso?, mi entrava dritto nel cuore.

«... non so bene perché sono qui. Non so neanche da dove cominciare. Il sogno che ho fatto stanotte non me lo ricordo, gliel'ho detto. Magari però posso raccontarle che ogni notte per addormentarmi mi concentro sulle scarpe che portava la mia professoressa di matematica del liceo. Mi eccitavano, ma non mi ricordo come fossero. Erano dei sandali? Degli stivali? Non me lo ricordo. Mi sforzo, non ci riesco, ma almeno così posso sperare di addormentarmi. Oppure mi faccio una sega.»

E io mi sono innamorata subito.

Magari è successo anche a voi, quando vi siete detti piacere Angelo, piacere Tea. Io sono convinta che nel momento in cui le persone che poi diventano nostre ci rubano il primo pezzo di tempo, di sguardo, di respiro, di voce, ecco, un nervetto in noi lo sente, che sta per accadere qualcosa d'importante. Non è detto che quel nervetto bussi alla nostra testa e si dichiari, certo, ma si muove, quel qualcosa si muove e per un bel po' non comandiamo più noi. Comanda il nervetto.

E il nervetto mi ha comandato di rimanere lì, in bagno, ad ascoltare la seduta di Leonardo fino a quando Vera non ha gracchiato arrivederci e ancora ci sono stati passi e arrivederci, arrivederci a martedì.

Ma era solo venerdì!

Nella pila di cassette accanto al registratore portatile nello scaffale dello studio di papà sono conservate tutte le sedute di Vera, da quando ha cominciato a lavorare fino a pochi giorni fa. L'unica che manca, lo sapete, è quella del suo incontro con papà, che ho sventrato del nastro e forse un giorno me ne pentirò (adesso sinceramente no).

Vi lascio sulla scrivania di papà le cassette che da qui in avanti mi aiuteranno a ricostruire i fatti il più fedelmente possibile, tanto perché sappiate che io sono tante cose decisamente non belle, ma non una bugiarda nel senso tecnico che l'avvocato a cui mi hanno affidata dà alla parola: la bugia semmai è l'ultima pellicina dei fatti, dopo c'è l'aria, il mondo, l'interpretazione, e allora non si può parlare di malafede in chi la racconta.

Sono tutti fissati che ogni cosa che dico potrebbe essere usata contro di me: e non sospettano che sto scrivendo questo quaderno, altrimenti sicuramente vorrebbero leggerlo e penso proprio che non finirebbe mai nelle vostre mani, signori Godalla. Lo so che si stanno preoccupando per me e vogliono solo togliermi da questo pasticcio il prima possibile, ma che vi devo dire? A me che si possa davvero fare qualcosa perché quello che diciamo (o scriviamo) non venga usato *contro* di noi, mi pare un'illusione bella e buona, e comincio a credere di non essere l'unica ad avere in testa una lente colorata. Insomma: gli altri fanno quello che gli pare con quello che diciamo. Sempre. E io confido che voi siate a prescindere *pro*: comunque vi ho numerato dalla prima all'ultima le cassette in questione perché sono io che sono *contro* di me, in questo caso. Nel senso che quando ci si innamora, come vi dicevo, non ci si capisce più niente. Quindi se preferirete ascoltare i nastri per intero anziché affidarvi a quello che d'ora in poi vi racconterò, posso comprendere la vostra scelta, insomma non mi offendo.

Perché è di Leonardo che si parla, adesso.

Di Leonardo.

**Cassetta 2**

Estratti.

"... non è esattamente angoscia, è qualcosa di più e qualcosa di meno, tanto che l'angoscia un nome ce l'ha e questa cosa che mi afferra la gola invece no... o almeno io non l'ho ancora trovato. Eppure in sua compagnia ho trascorso praticamente tutta la vita. Non mi dica, la prego, come faceva la mia terapeuta precedente, di telefonarle nel momento in cui la avverto salire, perché non c'è spazio per fare nient'altro che stare male in quel momento!... Non c'è spazio, le assicuro."

"... almeno questo posso dirlo, ecco: posso dire di avere la certezza di essere stato davvero io a scegliere come vivere la mia vita: ho scelto io di aiutare mio padre al vivaio – quello grande all'incrocio fra la Colombo e le Terme di Caracalla, ha presente? – e lasciare l'università, io ho scelto di partire per l'Australia dopo quell'anno di merda... Io ho scelto il biliardo, io ho rifiutato di partecipare ai campionati europei, io ho mollato Luisa il giorno stesso in cui siamo andati dal ferramenta per il doppione delle chiavi, io ho deciso di venire qui..."

**Cassetta 3**

Estratto.

"Questa cosa delle piante mi ha condizionato fin dalla nascita. Si fidi, non è facile crescere con due invasati che, se tu frigni perché hai fame, ti chiedono di smetterla perché il cactus non sopporta gli acuti. I miei hanno sbagliato a mettere al mondo un figlio: semplice. Non c'entra che quel figlio sia io, comunque fosse andata, loro non sono fatti per essere genitori. Quando mio padre è tornato dall'esposizione mondiale dei bonsai di rosa canina a Detroit, aveva un sorriso che il giorno del mio diploma me lo sognavo. Mia madre, povera donna, un po' ci prova, almeno da quando sono tornato dalla comunità, ma le attenzioni che mi riserva le studia, mentre con le piante no, le viene tutto naturale... Le carezza, toglie le foglioline a una, racconta un pettegolezzo a un'altra, bacia la terra di quelle grasse che non può annaffiare... Sono due brave persone, i miei, per carità. Con tutti i limiti dell'espressione? Ecco, sì. Magari, se fossi nato pianta, direi che sono gli esseri migliori del mondo e per un periodo della mia vita l'ho sognato, sa? Di essere una pianta. Un bambù, precisamente..."

## Cassetta 7

Estratto.

"... e dopo una settimana ero già a Sidney. È che di quel tizio mi fidavo, ecco tutto. Non è mica poco, creda. Fu dopo l'orale di maturità. Stavo andando a prendere l'autobus e qualcuno mi urla vaffanculo. Era lui. Un barbone. Il matto del quartiere, come lo chiamavano tutti. Vaffanculo, perché hai sempre quest'aria scoglionata del cazzo?, mi fa Brando. (Era il nome del barbone, sì.) E dopo un minuto attacca a parlarmi del cuore del mondo. Lui l'aveva visto, mi dice, fissandomi nelle palle degli occhi. I suoi erano pazzeschi, dottoressa: si muovevano lenti, ma definitivi... come i continenti quando si formano. Ecco.

Il cuore del mondo, mi racconta, si trovava in Australia ma non mi poteva dire altro, già aveva parlato troppo. Se qualcuno ti spiegava per benino come arrivarci, era inutile partire perché quello non si sarebbe fatto trovare. Lui poteva solo suggerirmi di arrivare a Sidney, poi avrei dovuto cavarmela da solo. Mi osservava da tempo, dice, e si era convinto fossi uno di loro, uno di quelli che il cuore del mondo devono trovarlo altrimenti sono cazzi, così dice. Quando lo trovi te ne accorgi, dice, perché cascate che vanno all'indietro non le vedi tutti i giorni e poi ti spingi un po' più avanti e sai che quel pomodoro gigantesco che gronda semi turchesi grandi come un pugno è lui, e ti metti buono e ascolti cosa ha da dirti. Si è fatta notte e io ero ancora seduto sul marciapiede ad ascoltare Brando.

Dopo una settimana ero già a Sidney.

Brando si era sbagliato. Io non ero fra gli eletti, altrimenti prima o poi il cuore si sarebbe fatto trovare, e invece niente. Le sembrerà piuttosto volgare come tranello, giocato dal cuore del mondo, ma prima mi ha chiamato fino a lì e poi si è negato. Già.

Che estate però, quella.

La prima notte l'ho passata in una specie di rimessa, dentro a un camion che puzzava di morte, o forse adesso che ci ripenso semplicemente di merda. Anche la seconda notte l'ho passata lì. E la terza e la quarta. Poi ho incontrato Georgette. In una birreria, erano appena le otto del mattino e lei era già ubriaca. Non ho mai capito come quella donna, un metro e quarantadue per trenta chilogrammi, riuscisse a sostenere la montagna di gioielli, collane di diamanti, anelli, bracciali d'oro e di corallo che aveva addosso. Giuro che, suo amante, lo sono diventato prima di tutto per simpatia. Giuro. Cara Georgette... Con lei ho passato dei momenti felici, sa. Non ha mai voluto raccontarmi come fosse rimasta l'unica e ultima superstite della dinastia francese dei Bijou Bijou, e anzi, ogni volta che cercavo di saperne qualcosa, mi tappava la bocca con la sua manina grinzosa, così ho cominciato a non farmi più domande e accettare l'amore di quella donna disperata e straordinaria senza scomodare dubbi e morale. Le ho spiegato subito perché fossi finito in Australia e lei per me ha rivoltato l'intero continente come un calzino, ha sguinzagliato i suoi autisti su jeep bivolume con mongolfiera a rimorchio, attrezzate per caricarsi l'intero pomodoro gigante: ma niente. Quel posto non voleva farsi trovare, diventava evidente giorno dopo giorno.

Non le dico quando ho raggiunto Georgette nella sauna del suo castello per comunicarle che avevo deciso di tornarmene a casa! Ma non è questa casa tua?, s'è messa a belare, e hai voglia a carezzarla, a coccolarla, a infilarla dentro al mio accappatoio e a prometterle che sarei tornato presto... Non si dava pace. È balzata di scatto in piedi, ha battuto le mani per tre volte e ha ordinato a due armadi di grasso che si sono immediatamente materializzati di fronte a noi: chiudetelo in veranda!

Non provo rancore per Georgette, glielo assicuro. Però che estate, cazzo... Inizialmente gliene urlavo di tutti i colori, perfino lurida cagna sono arrivato a dirle, ma lentamente devo essermi convinto che venire segregato poteva essere per un diplomato di fresco un'esperienza interessante, ecco, quantomeno mi evitava di prendere quelle mie cazzo di responsabilità di cui si riempivano la bocca tutti, attorno a me. Allora mi sono messo a fare il prigioniero modello.

Finché un giorno è arrivato uno dei miei carcerieri a dirmi che era finito tutto, perché due tizi con un passamontagna si erano infilati nel castello, avevano legato mani e piedi Georgette e se l'erano portata via. Rapita. Prigioniera lei, libero io. Voilà.

Però sto senso di occasione persa mi è rimasto qui.

... Ma no, che cosa c'entra Georgette? Parlo del cuore del mondo."

## La cassapanca all'ingresso

Al matrimonio di Vera e papà c'erano proprio tutti. Tranne mamma, ovvio.

Dopo insistenze su insistenze – perfino da parte mia, tanta era la desolazione di papà – Matilde aveva accettato di partecipare alla cerimonia, senza tuttavia cedere sulla questione testimone.

Dello scambio degli anelli di plastica, poco prima della nascita di Giù, rimane solo un acquerello di Matilde con Titti e Silvestro che limonano.

Nelle mille foto di questo matrimonio, gli sposi sono seri e compresi, molto compresi nel loro ruolo. Se aprite la cassapanca all'ingresso, troverete un album in pelle marroncino chiaro con, intrecciate in copertina, le iniziali *EVL*; potete dare un'occhiata. Vi accorgerete che Vera e papà solo in una foto sono insieme, ma le facce sono totalmente fuori fuoco. Che volete che vi dica, signori Godalla, se qualcuno mette un matto alla guida di un elicottero e l'elicottero si schianta, la colpa non è del matto ma di chi ce l'ha messo: no? Insomma, papà avrebbe potuto rifletterci, prima di affidarmi quel servizio fotografico. La bionda ossigenata che nell'album troverete in primo piano in novanta foto su cento, era finita al matrimonio soltanto perché la notte prima era inciampata nel letto del commercialista dei Salesani: anche se il matto non è matto ma a fare il matto fa apposta, la colpa è comunque di chi lo ha messo alla guida dell'elicottero. Se qualcuno si fosse lamentato del mio lavoro, non avrei mica avuto difficoltà a spiegarglielo.

Incellophanato per benino, troverete anche il vestito di Vera, ma non so se vi conviene tirarlo fuori perché è un bon bon di mille veli sottilissimi e per sistemarli ci si mettono ore, e magari qualcuno vi si rompe fra le mani e ci rimanete male (non dovreste).

La chiesa che i Salesani avevano scelto era in un paesino al confine con la Toscana, tutto mattoni rossi e ciottoli luminosi, un presepe estivo: devo ammettere che, se quel giorno si fossero sposate Adriana e Matilde o Giù e Zuellen, mi sarei ripromessa di sposarmi lì anch'io, un domani.

Ma non si sposava nessuno di loro.

Si sposava papà.

Si sposava Vera.

E lo facevano tra loro.

Lei, un cocktail di veli e boccoli rossi, non smise di sorridere mai, come sapeva fare lei, senza mostrare i denti e scomodare le guance.

Papà. Appunto: papà si sposava. E si sposava in chiesa. Non so se rendo l'idea. Che da piccola, quando incrociavamo le suore del convento dove viveva Zuellen, lui mi copriva gli occhi con la mano perché aveva paura mi portassero sfortuna, mi mordevo il labbro per non ricordarglielo. E che s'inventasse bestemmie simpatiche, dicendo, che ne so, "caramello" anziché "porco", anche.

E poi avevo deciso di non concentrarmi sul fatto. Ma sul tutt'attorno. Sui baci nuovi che si scambiavano Giù e Zuellen. Sul turbante a forma di tulipano gigante di Matilde. Sulle cugine di Vera che ridacchiavano occhieggiando verso Francesco e sussurravano quello fa le pubblicità. Sull'Antenna che litigava col cravattino e che era lì solo per alzare il pollice ogni volta che lo guardavo. Sul cuore del mondo che il mio cuore ormai se l'era bello che fregato. Sui pagliacci che, comunque vadano le cose, dopo i trapezi sono di scena.

Però devo ammettere che ogni tanto, durante la messa, quei due tizi eleganti e commossi all'altare, i miei pensieri se li sono stritolati, ma solo ogni tanto. Al momento del può baciare la sposa nemmeno Zuellen, che aveva aspettato quell'istante per sollevarsi il tubino color pesca e mostrarmi, soffocando le risate, la sua giarrettiera con un galletto e una gallinella in indubbia posizione, è riuscita a distrarmi da un pensiero, che pensiero non era, una vertigine era e, mentre mi faceva girare tutto, sussurrava: mamma mamma io vicino dentro e fuori papà vedrò sempre solo te che gli facevi i bronci e lui che ti tamburellava le dita dalla spalla fino al polso e poi dall'altro polso fino all'altra spalla finché si formava una scala di luce e allora salivate, salivate fino alla luna che si faceva trovare sempre piena tonda perfetta da voi che tutti nudi e strettissimi ci rotolavate dentro come fosse una suite e non c'era bisogno, non c'era alcun bisogno, solo voglia, solo voglia – è questo che fa la differenza – e chi ci pensa allora a un buffet per duecento persone a chi gliene frega di scegliere se per le bomboniere è meglio un ciondolo di Pomellato o un libro di Neruda chi fa attenzione a abbinare le scarpe col vestito a invitare il preside della scuola di papà a mettere gli annunci sul "Messaggero" a sorridere annuire dichiarare al mondo siamo marito e moglie chi ci pensa al mondo quando c'è la voglia. Basta la luna, quando c'è la voglia.

Ed è stato più o meno lì, credo, che l'amore per Leonardo è diventata l'unica salvezza possibile.

L'unico modo per salire io su quella scala, per arrivarci io, alla luna: tanto più che sulla terra, vicino a me, non era rimasto più nessuno. Se ne erano andati tutti. Perfino papà, che era rimasto, se n'era andato.

Chi invece, quel giorno, nemmeno quando il prete chiese qualche minuto di raccoglimento personale, riuscì a staccarsi dalla faccia un ghigno infame di soddisfazione fu mia nonna Leonora, la contessa Volpe Cornaredo Lunare. Ah! Suo figlio l'aveva fatta penare, ma ne era valsa la pena, se adesso lui era lì, dietro le spalle lei, davanti agli occhi Nostro Signore, accanto quell'angelo di donna elegante e devoto. Glielo si leggeva negli occhi, a Vera Salesani, che era la donna giusta. E nel brillante che sua madre portava al mignolo.

Altro che quella sgallettata di un'americana. Durante il buffet – nella villa di campagna di uno zio di Vera, a pochi chilometri dalla chiesa – gli sguardi liquidi con cui la contessa carezzava noi nipoti parlavano chiaro: poveri piccoli, pensava, uno è nato pure guasto per colpa di quella là e la ragazza invece di parlare blatera parole in disordine e non la si capisce proprio.

«Ma adesso ci penserà questa donna così per bene a dare a quei poveri ragazzi una madre come Dio comanda» ha avuto il coraggio di dire la vecchiaccia a Matilde.

«Bisogna vedere che cosa ne pensa Budda» ha risposto laconica lei, e la contessa era troppo inorridita dal vederla parlare con la bocca piena di babà per capire a che cosa volesse alludere quella balena vestita di nero traslucido. A un matrimonio!

Di pazienti Vera non ne aveva invitati, mi ero informata. Non è professionale, mi aveva risposto lei e aveva attaccato uno di quei discorsi infervorati con cui mi rimbambiva quando le sembrava che finalmente stessi per cederle.

Quindi Leonardo, mentre cresceva dentro di me, nella villa di campagna non correva il rischio di esserci.

Quindi Leonardo, proprio perché nella villa di campagna non correva il rischio di esserci, cresceva dentro di me: lo state pensando, signori Godalla? Se sì, non me la sento di darvi torto.

Erano passate già un paio di settimane da quando avevo incontrato per la prima volta la sua voce e adesso, al sì lo voglio sì lo voglio, appunto, si era aggiunto il mio: sì, lo volevo. Volevo Leonardo. E finalmente c'erano Matilde e Zuellen per raccontare quanto d'enorme mi fosse caduto addosso e nella vita.

Stavo per farlo al ricevimento, ma in quello stesso istante lo zio di Vera aveva acceso le fiaccole perché cominciava a calare il buio e aveva liberato i cavalli dalla stalla per una piccola parata piuttosto ignobile, ma che fece distrarre immediatamente Zuellen.

Una volta a casa, una volta in camera, una volta che Zuellen e Giù erano nel letto di sopra e Matilde era seduta sul mio a rimboccarmi le coperte, una volta che quel giorno maledetto almeno aveva fatto come tutti gli altri giorni: era passato, ho cominciato a raccontare. E a raccontare, a raccontare.

«... e magari vi sembrerà strano, innamorarsi di qualcuno che non si è mai visto, ma io quella voce l'ho capita, capite? L'ho riconosciuta. Niente mi è più familiare da quando sono rimasta qui senza di voi, ma la voce di Leon...»

A questo punto Matilde mi ha interrotto, ha sbuffato e mi ha chiesto che diavolo di motivo avessi per infilarmi in una storia del genere quando il mio amico Francesco mi guardava con gli occhi persi d'amore, e ha aggiunto una battuta del tipo, altro che il cuore del mondo, è il cuore delle persone che fa la differenza. E? E io le ho detto Matilde. Ho detto Matilde. Anzi. Solo Mati, ho detto. Perché già nel dire "lde" stavo piangendo. Come non avevo fatto mai, come non credevo di sapere fare. «Oggi è successo qualcosa che non doveva succedere, no no, non doveva. Perché, se una famiglia si separa, si separano dentro tutte le persone di quella famiglia. E io sono tutta separata, dentro, sempre lo sarò. Quindi almeno oggi, almeno oggi Matilde, ti prego, fammi credere che Leonardo è quello giusto, se pare giusto a me. Perché tutto quello in cui credevo si è rivelato sbagliato, se oggi è stato oggi. E allor...»

Giù e Zuellen non mi hanno permesso di finire. Si sono precipitati giù dal loro letto in un soffio e quella notte l'abbiamo passata così, tutti e quattro stretti stretti in un lenzuolo solo, a piangere, poi a ridere, poi a respirare, finalmente a dormire e voi tre non traditevi mai, ragazzi, è stata la ninna nanna con cui ci ha cullato Matilde, fate quello che vi pare ma l'importante, nella vita, è non tradirsi mai. E ogni tanto ricominciarsi. Davvero però. Non come ha fatto Ettore.

**Cassetta 9**

Estratto.

"Al liceo una volta noi maschi abbiamo eletto Miss Classe e abbiamo dato i voti alle ragazze. Tutti erano per una tale Benedetta, che già se la faceva con quelli dell'università e d'estate si metteva le canottiere aderenti. Io, a Benedetta, le avevo dato tre. Alla compagna di banco di Benedetta dieci. I miei amici mi hanno sfottuto per settimane, loro quella lì la chiamavano Visitor... lo vedeva lei il telefilm, dottoressa?, ma per me era lei la più bella, davvero. Questione delle ombre che ha negli occhi, spiegavo... Sa, io sono sempre stato affascinato dalle ombre. "

## L'unica cosa utile che ha portato fra queste mura Vera

Forse aveva ragione Matilde, avrei dovuto liberarmi di Leonardo prima che fosse troppo tardi, ma il fatto è che dopo il matrimonio di papà era già troppo tardi, lo era stato da subito.

Gliel'avevo spiegato e lei allora mi aveva spinto a muovermi, ché continuare ad appiccicare l'orecchio al muro per due ore alla settimana mi avrebbe mandato ai matti e almeno dovevo sapere che faccia aveva, questo essere umano che di umano fino a questo momento aveva così poco.

Non è che ci volesse tanto, in fondo. Quantomeno per dargli una faccia. Bastava spiare dal buco della mia serratura appena la seduta terminava e si apriva la porta dello studio di Vera.

Il punto, però, è che cominciavo ad avercela un po' con i fatti, in generale. E cominciavo anche a capire quanto fosse pericoloso quel trattino fra una cosa che deve accadere e quella quando accade. Altrimenti mica mi ci voleva Matilde a suggerirmi di guardare dal buco.

Insomma, allo scadere del primo mese di terapia per Leonardo, e di conseguenza del mio amore per lui, ho deciso che era arrivato il momento.

Nemmeno mi sono gustata la seduta più di tanto, quel giorno. La cassetta è la 13, mi pare si parlasse di un Capodanno di tanti anni prima.

E comunque è arrivato il momento di arrivederci arrivederci e la porta di Vera si è aperta.

Be', meglio che ve lo dica subito, che ho visto solo un cappotto lungo scuro e una sciarpona colorata dove la testa di Leonardo affondava, lasciando intravedere qualche ciuffo matto di capelli castani.

Be', vi dico subito anche che mi sembrò divina. Parlo della camminata.

È importante come una persona cammina! Leonardo aveva attraversato quel pezzo di corridoio con le mani in tasca, le spalle dritte, passi lenti e lunghi. Ne ero certa, ma un pelino di paura che potesse avanzare molleggiando su se stesso o a scatti o curvo come un uncino ce l'avevo. Come avrei potuto, nello stato in cui mi trovavo, perdere la testa per uno che camminava storto? Dove mi avrebbe potuta portare uno che trascinava i piedi?

Di Leonardo potevo fidarmi, ecco cosa mi è stato chiaro quel giorno e allora ho acceso a tutto volume la filodiffusione – l'unica cosa utile che ha portato fra queste mura Vera – e non ero più io in tuta col mollettone in testa in camera mia a studiare, eravamo una ragazza in pellicciotto nero fino alla vita e un ragazzo col cappotto lungo scuro che la teneva per mano facendosi largo tra la folla alla prima della Scala, una mendicante scalza su un marciapiede di San Pietroburgo e un principe triste costretto a prendere moglie a cui basta un istante per incrociare lo sguardo della poverella e chiederle di infilare quelle manine congelate nelle calde tasche del suo lungo cappotto scuro, Rose e Jack sulla poppa del *Titanic* e, invece del vestito rosso, dal loro abbraccio a sventolare ecco un cappotto lungo scuro, eravamo davanti a un caminetto il giorno di Natale tutti nudi coperti solo di quello, a fare shopping a via del Corso per comprarne uno nuovo che quello ormai aveva le maniche corte, non ero più io in tuta col mollettone in testa in camera mia a ripassare, non ero più io, eravamo noi.

Ho deciso allora di aspettare ogni mesiversario dal nostro

primo incontro per muovere un nuovo passo, fedele alla frase dei Baci Perugina che dice l'attesa del piacere è essa stessa piacere, e mi pare sia di Balzac o forse di Brian Adams.

**Cassetta 12**

Estratto.

"... lo snowboard all'epoca erano in tre-quattro a saperci andare e Luisa era fra quelli e mi raccontava che all'inizio si era trattato di un gioco, ma giocando giocando aveva capito e a quel punto non le era più possibile tornare indietro e magari era troppo presto per chiamare comunità la loro, perché erano ancora in sei, ma da qualche parte bisognava cominciare e allora ecco, diciamo che stavano cominciando a metterla in piedi.

Tutto partiva da Platone, mi spiegava Luisa, e lo snowboard era il mezzo ideale per un ritorno all'Uno che tutto il resto del mondo, a cominciare dagli sciatori, negava.

Non so se fossi più intrigato dall'affare comunità o da quello della carnagione chiara di Luisa, comunque quella sera senza pensarci due volte ho accettato l'invito a cena nel rifugio dove lei e i suoi amici, chi da più chi da meno tempo, vivevano. Sì sì, perché avevano mollato città, casa e famiglia per ritirarsi lì. Si mantenevano dando lezioni di sci e, sull'esempio dei gesuiti che avevano portato le religioni orientali in Occidente, lentamente ma progressivamente educavano i loro allievi a rifiutare la separazione e a convertirsi all'armonia dello snowboard.

Dottoressa, cosa vuole che le dica, il giorno dopo telefonai ai miei e mi feci spedire almeno il minimo indispensabile. Per entrare in comunità, sì.

Tre anni da urlo.

Che? Ah, grazie... Sì, sono grigi ma quando cambia il tempo possono diventare celesti... Grazie, comunque..."

La serietà, sarete d'accordo con me signori Godalla, è un affare di pessimo gusto.

Vera aveva l'assoluta necessità di trovare sempre una spiegazione a tutto.

Se prendevo fra il cinque e il sei in greco voleva dire che avevo più paura che voglia di stare al mondo e sceglievo di trastullarmi sull'ingresso, se durante una telefonata Lisbona-Roma cadeva la linea allora Giù stava definitivamente tagliando il cordone ombelicale che lo legava a noi, un ritardo di papà era una denuncia d'insofferenza nei suoi confronti: cose come non aver studiato abbastanza, il *tic tic* velocissimo dei gettoni nelle interurbane o il traffico, non le prendeva in considerazione.

Io quando al cineforum della scuola hanno dato *Ladri di biciclette*, a chi mi chiedeva ti è piaciuto?, rispondevo devo scappare a casa, mi sa che ho lasciato acceso il gas, perché che cosa c'è da spiegare, cosa puoi dire quando, finalmente e davvero, qualcosa lo *senti*? Non basta quello? Non inizia e finisce tutto lì?

Se parlo talmente tanto da rinunciare a farlo per bene, è perché insieme alle rane la cosa che mi fa più paura è lo sbadiglio in una conversazione, le palestre, una persona che chiami perché ti va e quella alza la cornetta e ti chiede dimmi?, guardare l'orologio più di due volte in mezz'ora: ma quando Giù mi dice sono felice, quando fa freddo e c'è il sole, quando Leonardo racconta che tutti i lunedì nella comunità ognuno si vestiva coi vestiti di un altro, si faceva la fidanzata di un altro per educarsi all'armonia dello snowboard e rinunciare alla disarmonia degli sci non c'è niente da dire: puoi finalmente chiudere gli occhi e stare a guardare, spalancare la persona che sei per diventare la stessa persona ma un pochino di più.

E invece no. Vera, se le cose si mettevano a fare boccacce, scherzi e piroette, invece di mettersi comoda e godersi lo spettacolo, che faceva? Le tramortiva e le obbligava a sdraiarsi sul lettino del suo studio, le sbudellava, le scoloriva, sparando le sopracciglia all'insù e aggrottando la fronte – me la posso immaginare benissimo – le trasformava immancabilmente in qualcosa d'altro che con la loro magia non c'entrava più niente.

Era stato Leonardo stesso, dopo tre anni, a dare finalmente retta al rimescolio della sua pancia quando Luisa si chiudeva in camera con qualcuno che semplicemente non era lui, era stato lui a prenderla in disparte, un giorno, e chiederle di andare via di là e continuare a vivere insieme, ma solo loro due. Che bisogno c'era, allora, che Vera ricamasse i suoi commenti sulla psicosi che per tre anni lo aveva confinato su quelle montagne? Che bisogno c'era che si mettesse a disquisire su come inventare il mondo sia spesso il modo migliore per evitarlo, su come la comunità non fosse che la proiezione della ricerca di un qualche calore familiare che a Leonardo era sempre mancato, che l'equidistanza dalle cose genera non vicinanza a nulla? Non era bellissimo e solo da ascoltare, che un ragazzo scontento e smarrito si fosse chiuso in un rifugio con un gruppo di schizzati che ogni mattina, finita la colazione, passavano sulle loro tavole da snowboard una spugna intrisa di caffellatte?

Come dice il nipote viscido del padrone del villaggio turistico a Baby in *Dirty Dancing*, quando tutti credono che è stato Johnny Castle – che già con Baby si ama all'infinito ma nessuno lo sa – a rubare il portafoglio del marito della mantenuta col nasone – che sa di Baby e Johnny, e non le va giù perché Johnny prima andava a letto con lei e adesso non vuole più saperne – a volte, nella vita, succedono cose.

Ecco.

Se Vera avesse visto almeno una volta *Dirty Dancing*, magari le sarebbe entrato in testa.

Se l'avessero visto quelli che scrivono sui giornali, oggi magari la smetterebbero di cercare una spia nel prima per capire quello che è successo poi, arrivando a tirare in ballo pure un cazzotto che mio padre quand'era all'università pare abbia mollato a Julian Beck durante una specie di psicodramma.

Non c'è quasi niente, tutto sommato, che si debba a tutti i costi capire.

A volte, nella vita, succedono cose.

## Gli acquerelli di Matilde

pure quelli li aveva appesi papà: mentre Adriana gli diceva un po' più a destra, un po' più a sinistra. Perfetto, così è dritto.

## La sedia a dondolo in vimini

Magari non sono io la persona adatta per raccontarvi come andassero le cose fra papà e Vera, ma sono l'unica con la possibilità di farlo, perché qui ormai eravamo rimasti solo noi tre.

Il matrimonio di fatto non aveva portato grandi cambiamenti nelle nostre vite, a parte l'etichetta sul citofono: papà continuava a fare avanti e indietro dal liceo, Vera a ricevere i suoi pazienti e ogni tanto a partire per qualche convegno, nel weekend andavano fuori a cena con i colleghi di Vera e le rispettive signore oppure al cinema, e una volta al mese a teatro con l'abbonamento. Io, quando non stavo con Leonardo (perché a parte il tempo che trascorrevo ad ascoltarlo bisogna tenere conto di quello che trascorrevo a ripensare a quello che avevo trascorso con la sua voce), avevo l'esame di maturità e lo Zefiro, a tenermi occupata. A casa non è quindi che ci fossi spesso e, come al solito, più sapevo di trovarci Vera, da sola o con papà, più facevo in modo di non esserci. Credo che ormai il desiderio folle di piacermi l'avesse abbandonata. Anche papà sembrava essersene fatto una ragione, o almeno così mi disse *quel* giorno.

Un giorno in cui, di fatto, non è successo proprio niente. Ma che io non scorderò mai.

Vera era impegnata in una seduta, lui in salotto stava correggendo i temi sulla sedia a dondolo in vimini fra il divano e la poltrona a fiori. Leonardo era già la parte migliore della mia vita, il matrimonio era ancora fresco di settimane, a giorni avrei debuttato come protagonista in una commedia con solo una decina di battute perché l'aveva scritta l'Antenna, che cominciava a convertirsi dal teatro alla scultura. Andavo di fretta.

«Allegra, vieni qui.»

«Vado di frettissima, papà...»

«Allegra.»

«Eh.»

«Senti che cosa scrive questa mia alunna.»

«Sentiamo.»

«"La sofferenza è come la magia, domina ancora di più chi crede di poterla dominare."»

«Interessante.»

«Il tema non vale un gran che, ma io per questa frase le metto nove.»

«Buon per lei...»

«Come stai, Alle?»

«Bene.»

«Bene... Ci facevi morire dalle risate e anche un po' commuovere, sai, quando da piccola ti venivano i febbroni, noi ti chiedevamo come ti senti?, e tu, anche con mille bolle o la tosse che ti soffocava, ci rispondevi "bene", così come lo dicevi tu, con tre b e la e aperta all'inverosimile... Ci facevi morire dalle risate...»

*Ci? Ci,* papà? Ci. Allora ricordi. Ricordi che c'era un tempo in cui *ci.* A te e a mamma. Un tempo in cui non tutto *ti* (capitava, serviva, risarciva, rassicurava). Ma qualcosa *vi* (faceva morire dalle risate, commuoveva, innamorava).

«Non me la passo male, Alle, davvero.»

Però io non gli avevo mica chiesto qualcosa.

«Finalmente sul lavoro ho delle soddisfazioni reali, se tutto continua così si profila addirittura un passaggio all'università e credo di meritarmelo, no? Un conto è che a tutti sia consentito partecipare a una corsa, un altro conto è non fare caso, al termine della gara, a chi arriva prima e a chi arriva dopo: questo è inaccettabile, sei d'accordo? Insomma, una sana meritocrazia non va a discapito della democrazia ma la feconda, lo sosteneva lo stesso...»

«Come stai, papà?» E allora sì: gliel'ho chiesto.

«Non me la passo male, Alle, davvero.»

«Ma io ti ho chiesto come stai.»

Ti ho chiesto quanto ti manca, quel *ci*. Quanto dire *mi* ti riempia il cuore, un attimo prima di addormentar*ti*, un attimo dopo esser*ti* svegliato.

«Finalmente sul lavoro ho delle soddisfazioni reali. Da te e da Giù non potevo desiderare di meglio. Giù ha finalmente trovato la sua strada e, al riguardo, tu non mi hai mai preoccupato, perché anche se non ci credi sei una tosta. Lo sei sempre stata. La mamma, poi, da quello che scrive mi sembra avere conquistato un equilibrio invidiabile. Sai che un santone del Kazakistan l'ha chiesta in sposa e lei ha rifiutato? Vuol dire che è forte abbastanza da non avere bisogno di aggrapparsi a qualcuno...»

Oppure vuol dire semplicemente che ti ama ancora.

«... per stare in piedi.»

«Come stai, papà? Tu. Come stai, tu?»

Davvero riesci a pensar*ti* al *ci*, con Vera? E se sì, è lo stesso *ci* che *ti* faceva morire dalle risate quando avevo la febbre e *vi* dicevo sto bene, con tre b? *Ti* fa morire dalle risate, in generale, questo *ci*? O *ti* fa morire e basta?

«È complicato da spiegare...»

Ma io da te voglio solo una parola, al massimo due, tre

se vogliamo considerare l'eventualità di un punto esclamativo.

«Cambiano i metodi, ma resta inalterata la voglia di rimanere giovani e belli. Sempre meno bisturi e sempre più filler, cioè riempitivi delle rughe, capaci di rimodellare anche un profilo. Cocktail di vitamine e amminoacidi per dare freschezza e tono giovanile al volto. Peeling dolci all'acido glicolico o forti a base di derivati del fenolo creano una nuova tensione e cancellano i segni del tempo. Ma soprattutto molecole biocompatibili, altamente tollerabili, riempiono le rughe senza bisogno di ricorrere ai bisturi.»

Ho ricopiato un articolo a caso dal "Cosmopolitan" che ho qui accanto a me, tanto per riempire lo spazio di quello che papà a questo punto mi ha detto, perché avrebbe potuto dire davvero qualsiasi cosa, ma io non l'avrei ascoltato, presa com'ero a pensare che se tua figlia ti chiede come stai e tu anziché risponderle ti metti a spiegare la tua vita, a quel punto la conversazione è già bella che finita.

È finita ogni possibilità che un *ci* ci salvi.

Sei bello che finito tu, se nel settantasette avevi venticinque anni e ti chiamavano Thor.

## La cornetta fatta a papera

Avevo incontrato la voce di Leonardo per la prima volta il 9 gennaio.

Il 9 febbraio dal buco della serratura l'avevo visto camminare e avevo visto sbuffare il suo cappotto nero.

Il 9 marzo ho attraversato tutta Roma e ho scampanellato a uno scantinato mascherato da agenzia pubblicitaria.

Leonardo aveva accennato di sfuggita a quel posto, tanto per specificare dove fosse finita Luisa dopo che lui aveva fatto l'impossibile per convincerla a lasciare la comunità ma poi, il giorno in cui erano andati dal ferramenta per il doppione delle chiavi, le aveva confidato di non essere ancora pronto a un passo del genere.

Mi ha aperto un grassone con la faccia accesa dalla couperose e io, che non avevo piani, ho inventato sul momento di essere lì per il loro annuncio. Quale?, mi ha chiesto il grassone e io, che non sapevo nemmeno lontanamente di cosa stessimo parlando, ho risposto dell'annuncio su quel giornale di cui adesso mi sfugge il nome esatto.

Il tipo mi ha invitato a entrare e ancora mi domando se quelle due stanze tappezzate di poster della Ferrari e di Forza Italia fossero davvero un'agenzia o una copertura per chissà che. Magari c'entra la clonazione, mi sono detta, perché un annuncio effettivamente c'era: si chiedeva il prestito gratuito di una pecora appena tosata, per lo spot di un rivoluzionario metodo contro la calvizie. È stata Luisa in persona a parlare con me. Come ho fatto a capire subito che si trattasse di lei, è presto detto: oltre al ciccione con le guance fucsia ce n'era un altro con le mutande che gli sbucavano dai calzoni. E poi questa ragazza sottile e chiara. Chiarissima.

Riguardo la pecora ho balbettato che le mestruazioni le avevano impedito di venire lì con me quel giorno, mi sono fatta dare il numero dell'agenzia promettendo che comunque, appena fosse stato possibile, avrei portato la mia bestiola senza nemmeno un ricciolo addosso, e me ne sono andata.

La voce di Luisa, proprio come quella del suo ex mio futuro fidanzato, l'avevo capita, non mi serviva altro. Se siamo anche un po' quello di cui ci innamoriamo, Leonardo lo amavo ancora di più dopo avere conosciuto chi aveva amato lui.

Il 9 aprile era un venerdì di quelli dell'abbonamento al teatro degli sposivivaglisposi e, appena rimasta sola, sono sgattaiolata nello studio di Vera e senza neppure troppa fatica ho trovato una videocassetta che sapevo Leonardo aveva portato per convincere la sua dottoressa scettica del potere dell'incanto dello snowboard.

Anche questa videocassetta viene via con me, e non so nemmeno il motivo, ma mi dispiace non possiate rendervi conto personalmente della grazia, del terrore, dei colori di questo angelo in Goretex.

Il 9 maggio, al momento dell'arrivederci Leonardo arrivederci dottoressa, mi sono precipitata giù dalle scale con uno scopettone che il giorno prima avevo nascosto sotto al letto e ho iniziato a ramazzare l'androne in attesa del tonfo dell'ascensore che arrivava. Che è arrivato: il 9 maggio Leonardo mi ha rivolto la parola per la prima volta. Mi ha detto buonasera. Io non ho risposto. A dirla tutta, nemmeno ho avuto il coraggio di alzare gli occhi dallo scopettone.

Il 9 giugno ho riprovato, e stavolta ero ben decisa a buonaserare anch'io, e invece Leonardo mi è sfrecciato davanti di corsa e di nervi, tanto che, attraversato l'androne, ha sferrato un calcio a un secchio dell'immondizia e quello si è ribaltato. Che la seduta non fosse andata nel migliore dei modi l'avevo capito, ma non credevo fosse possibile prendersela tanto con le scemenze che sputava Vera, anche se quel giorno si era proprio impuntata a costringere Leonardo a raccontarle di quando con una pallonata aveva mandato in mille pezzi il vaso del cactus preferito di sua madre e quella gli aveva rovesciato la faccia con uno schiaffo.

Dai primi di luglio a settembre Vera ha spedito Leonardo a un centro vacanze Valtour sul Tirreno, in provincia di Napoli, a fare l'animatore, convinta del bisogno primario di tuffarsi nella realtà e riuscire ad accontentarsi e a godere delle piccole cose: come dire che i pochi che fortissimamente sono qualcosa, è meglio che lo siano un po' di meno.

Avevo fatto l'esame di maturità. Quarantotto mi sembrava un voto degno della persona indistinta che ero, con i suoi dodici punti di distanza dal trentasei e dodici dal sessanta: avrei preferito quarantanove o quarantasette, ma era più giusto così.

Quell'estate sono rimasta in città. Allo Zefiro intanto era ormai scoppiata la bomba dell'addio alle scene dell'Antenna, che ha pensato bene di annunciarci che partiva per una fiera di narrative-art a Berlino da lì a due giorni e poi di partire già quella sera stessa, in modo da evitare i baci e gli abbracci e tutto ciò che ha a che vedere con quell'affare della manifestazione dei sentimenti a cui è da sempre allergico.

E. Tanto. Per. Cambiare. Ecco. Un. Altro. Addio.

Il 9 luglio ho comprato dei semi di peperoncino. Mentre li riversava dal barattolo a un sacchettino in juta, la madre di Leonardo per un istante mi ha guardato dritto negli occhi. Che quello sguardo che adesso stava incrociando il mio avesse mille e mille volte incrociato quello di Leonardo, pensate un po': mi ha fatto diventare le gambe molli ed è stato blackout, prima di ritrovarmi sdraiata con le gambe in aria a sorseggiare a fatica un bicchiere di acqua e zucchero. Sarà la pressione bassa o il caldo, sindacava lei, e un po' ci rimanevo male che mi fossi appena ripresa e quella già mi desse le spalle e fosse tornata a potare il poster d'edera attaccato per tutta la serra.

Il 9 agosto, Vera e papà erano ad Anacapri nella villa che i Salesani avevano acquistato direttamente da Graham Greene, e io potevo passare nello studio tutto il tempo che volevo. Quel giorno mi sono sistemata sul lettino e ho fatto tutte le cose che ognuno di noi fa di continuo senza badarci, ma respirare, sbattere le palpebre, far rotolare via i battiti del cuore diventavano di colpo eventi straordinari, se su quella stessa pelle nera aveva respirato Leonardo, Leonardo aveva sbattuto le palpebre, i battiti del cuore, sì sì, i suoi battiti del cuore erano rotolati.

L'ultima settimana di agosto sono arrivati Giù e Zuellen, poi agosto se ne è andato, è arrivato settembre, Giù e Zuellen se ne sono andati, papà e Vera sono tornati, è tornato Leonardo.

Il 9 settembre, forte della fiducia che il mese in cui era nata mamma mi ispirava, a un quarto d'ora dalla fine della seduta, con tanto di scarpe nuove e vestitino jeans che Zuellen aveva dimenticato qui, mi sono seduta sul motorino che, la notte, fino a un istante prima di addormentarmi, in troppi dove mi aveva già portato.

La faccia di Leonardo per benino io non l'avevo ancora vista, mi raccomando di non dimenticarvelo, altrimenti non riuscireste a capire il fulmine che mi ha spaccato il cervello quando, camminando come camminava lui, si è avvicinato al motorino e non riuscireste a credere che – anche se un paio di occhiali da sole giganti come quelli di Sofia Loren gli coprivano quella parte così importante dove, tra la fronte e le guance, gli occhi vanno a cadere –, a un naso dal mio c'era il naso suo, c'erano i capelli suoi arruffati, e ci sarebbe stata quella voce, la sua, familiare e sempre nuova, che mi avrebbe ricordato, gentile e ferma...

("Questo motorino è mio."

"Oddio, scusami, è che stavo aspettando un amico ed ero stufa di stare in piedi..."

"Che strano."

"Cosa?"

"Tu dovresti essere una di quelle persone che è sempre una festa incontrare e non capisco come qualcuno possa farsi aspettare da te."

"Dici davvero?"

"Certo. Un cono tutto pistacchio?"

"È il mio gusto di gelato preferito.")

... se anche stavolta non avessi colto nelle sue mani che si agitavano veloci la stessa furia del calcio al cassonetto, qualcosa che non distinguevo ma mi sembrava fosse rosso e comunque, prima che lui potesse avvicinarsi, mi ha spinta immediatamente giù dal suo motorino, nel pizza al taglio qui davanti a farmi riscaldare un supplì.

Il 9 ottobre erano ancora le ventitré e cinquantacinque dell'8 quando dal telefono con la cornetta fatta a papera ho digitato zero sei cinquantuno sessanta undici sessanta.

E ha risposto lui.

«Pronto? Pronto?»

«...»

«Pronto?»

E ha riattaccato.

Era definitivamente il 9, da tre minuti, quando ho respirato a fondo e ho digitato il numero di nuovo e al suo primo pronto non ci sono riuscita, ma al secondo sì, e con un tasto del telefono ho fatto beep.

Leonardo ha sorriso, ne sono certa.

Un altro beep.

«Se non fosse la notte maledetta che è» ha detto «avrei lasciato andare la segreteria. Quando sto bene qualsiasi cosa mi disturba, a quest'ora. Pensa come sto, se adesso non solo ho risposto al telefono, ma sono ancora qui con te che mi parli a beep.»

Beep.

«Senti, facciamo almeno che un beep vuol dire no e due beep sì, ti va?»

Beep beep.

«Andiamo già meglio, anche se... Ecco, io sono Leonardo Bordi, ho ventotto anni e ora come ora nient'altro da garantire: sicuro che è con me che stai perdendo tempo?»

Beep beep.

«Ecco, tanto per sapere. Be', comunque grazie.»

«...»

«Niente beep, hai ragione, non c'erano sì o no da aggiungere. Mmmh... Chi potresti essere? Sei uomo o donna? Cioè, sei un uomo?»

«Beep.»

«Una donna... Bene, amica del beep, adesso dimmi: ci conosciamo? A parte che in due minuti già ti ho scaricato addosso la merda che ho dentro stasera, io e te ci conosciamo?»

Beep beep beep.

«Beep beep beep... Né sì né no, presumo...»

Beep beep.

«Interessante... Ma adesso?»

«...»

«Niente, eh?»

Beep.

«Come no? Che vuol dire? No niente?»

Beep beep.

«No niente... Allora tutto.»

Beep beep.

«Impegnativo.»

Beep beep.

«E dài, parlami...»

Beep.

«E dài...»

Beep.

«...»

«...»

«...»

Beepbeepbeepbeepbeepbeepbeep.

«Calma calma, non te la prendere... è che è difficile così: insomma, che cosa posso raccontarti? Vuoi sapere cosa stavo facendo prima che tu mi chiamassi?»

Beep beep.

«Ascolta.»

Allora l'ho sentito rimestare dall'altra parte del telefono e, mentre io mi domandavo se lo scatolino che nasconde il cuore fosse abbastanza largo da contenere il mio in quel momento, ecco qualcosa di dolce arrivarmi nelle orecchie ed era come se avesse preso leggero a baciarmele, Leonardo, quando attaccò a suonare *Mrs Robinson* con la chitarra e a cantare piano God blesses you Mrs e alla fine:

«Buonanotte, amica del beep.»

«Buonanotte, amore mio» ho risposto solo dopo essermi assicurata di avere attaccato il telefono per bene.

Ho deciso che, se almeno in una seduta Leonardo avesse parlato di quella notte, non avrei aspettato un mese per la mossa successiva. Un paio di volte mi sembrava proprio che stesse per farlo, quando si lanciava come sapeva fare lui in racconti che dietro ogni angolo ne partorivano altri mille, e secondo me l'avrebbe fatto, se nei giorni e nei mesi non fosse lievitata nello studio quella roba sempre più rossa che lo faceva uscire di lì e tirare calci e stringere pugni. Quindi niente, all'amica del beep non accennò mai.

Così il 9 novembre non sono andata nemmeno all'università – e il professore di Storia del teatro prendeva le firme di chi frequentava! – per trafficare col mio pacco di cd masterizzati ed essere pronta, a pomeriggio inoltrato, con lo stereo vicino al telefono, a comporre di nuovo quel numero.

«Pronto?»

Stavolta il beep gli ha risposto subito, nonostante mi attorcigliasse le budella la paura della seconda volta: ce l'avete presente, no, la seconda volta che mangiate qualcosa che la prima volta vi è piaciuta da morire, la seconda volta che vedete il film che alla prima vi ha fatto consumare due pacchetti di kleenex, il secondo appuntamento, il secondo giorno dell'anno?

«Ehilà... Sei proprio tu?»

Beep beep.

«Credevo quasi di averti sognata, sai? Sei sparita e allora, mi sono detto, magari ho immaginato tutto...»

Beep.

«No. Già.»

Era arrivato il momento di far partire il mio piano e ho avvicinato la cornetta allo stereo e ho infilato silenziosissima il primo cd e:

«God grant me the serenity to accept the things I can not change, courage to change the things I can and the wisdom to know the difference...»

*Feel So Different*, di Sinéad O'Connor. Leonardo non l'aveva riconosciuta, ma stava di nuovo sorridendo, lo sapevo, prima di dire:

«Finalmente. Adesso qualcosa di te la so: che hai pessimi gusti musicali. E sei pazza.»

Beep.

«Come no? Dài, non darmi subito questa delusione, ci speravo tanto...»

Non sapevo quanti beep potessero sostituire la mia risata amorosa, di quelle un po' sceme che solo una persona, *quella*, può tirarvi fuori. E allora ho fatto partire un altro cd. L'ordine in cui li avrei infilati lo avevo predefinito mille volte e mille volte avevo ricominciato da capo a predefinirlo, finché avevo scelto di affidarlo ai respiri di Leonardo, ai miei, a quelli di quel momento lì, velocissimo: lungo.

«Take me now baby here as I am, pull me close try and understand, desire is hunger is the fire I breathe, love is a banquet on which we feed... have I doubt when I'm alone, love is a ring, the telephone, love is an angel disguised as lust here in our bed until the morning comes...»

«Patti Smith... La mia preferita di quell'album è *Easter*. La prima volta che l'ho ascoltata ho dovuto interromperla a metà perché o la smetteva lei o smettevo io, in generale...»

Come si faceva a urlargli anch'io anch'io anch'io col beep?

«In my imagination, there is no complication I dream about you all the time, in my mind, a celebration, the sweetest of sensation thinking you could be mine...»

«Addirittura? Era Kylie Minogue, giusto? Non me la fai ascoltare tutta? Perché?»

«If you ever get close to a human and human behaviour be ready, be ready to get confused there's definitely, definitely, definitely no logic to human behaviour but yet so, yet so irresistible and there's no map to human behaviour.»

«Björk... Non lo sai ma adesso hai giocato sporco, sei andata sul personale... Cristo, chi sei? Da dove sbuchi fuori tu?»

«Legato ai suoi fianchi con un filo d'argento, un vecchio aquilone la portava nel vento e lei lo seguiva senza fare domande perché il vento era amico e il cielo era grande, perché il vento era amico e il cielo era grande.»

«De Gregori. Mmmh. Senti, mi dai un secondo? Mi sento un imbecille con i miei mozziconi di frasi mentre tu spari sti fuochi d'artificio... Aspettami, eh, stai buona lì.»

Beep beep. E dove volete che me ne andassi, signori Godalla? Che Leonardo fosse una di quelle persone che puoi incontrare una seconda volta e avere ancora voglia di una terza, già ne ero certa. Che anche lui posizionasse lo stereo vicino al telefono per parlare la stessa lingua in cui gli stavo parlando io, come quando vai in vacanza studio a Brighton e t'innamori del figlio della tua host family e allora quando torni in Italia ti compri "Speak Up" per sentirlo vicino, ecco, questo non me l'aspettavo davvero.

«... Now I understand what you tried to say to me, how you suffered for your sanity, how you tried to set them free...»

*Starry Starry Night* di Don McLean... Quella canzone era da sempre la preferita di papà. La cantava sotto la doccia, la cantava uscendo di casa, la cantava tornando. La cantava sempre, quando ancora cantava. Avevo tenuto da parte un'arma segreta nel caso fossi andata nel pallone e Zuellen da lontano potesse venirmi in soccorso. Era decisamente quello, il momento. Il momento di Dulce Pontes.

«Se considero que um dia hei-de morrer no desespero que tenho de te não ver estendo o meu xaile, estendo o meu xaile no chão, estando o meu xaile e deixo-me adormecer...»

«What the world needs now is love, sweet love it's the only thing that there's just too little of. What the world needs now is love, sweet love, no, not just for some but for everyone.»

Ce l'avevo, ce l'avevo! Vi pare che fra i cd che avevo scelto per quel giorno potessi tenere fuori Jackie DeShannon?

«Lord, we don't need another mountain, there are mountains and hillsides enough to climb, there are oceans and rivers enough to cross, enough to last till the end of time.»

«What the world needs now is love»

«sweet love»

«It's the only thing»

«that there's just too little of...»

«love.»

Qualche istante è rotolato via così, senza voce, senza musica, senza beep. Magari stava solo cercando qualcosa di giusto da dire e già in questi casi si fa fatica, figuratevi cercarlo e poi doverlo tradurre con lo stereo. Ma a me è sembrato fosse l'emozione: quella cosa senza voce, senza musica, senza beep, intendo. La sua emozione, mi è sembrato fosse. E poi è partita un'altra canzone. *L'animale* di Franco Battiato. Anche quella la cantava papà. Non fra sé e sé, però: la cantava alla mamma. E: «L'animale che mi porto dentro vuole te, è chiaro?» le ribadiva, finita la canzone. «Chiaro?» ripeteva. E lei gli rispondeva baci perché fosse chiaro, quant'era chiaro.

«Vivere... non è difficile potendo poi rinascere cambierei molte cose, un po' di leggerezza e di stupidità. Fingere tu riesci a fingere quando ti trovi accanto a me mi dai sempre ragione e avrei voglia di dirti che è meglio se sto solo...»

Bene. Non era previsto, assolutamente. Ma a quel punto mi sono messa a cantare.

E lui. Ha spento lo stereo. E lui. Ha cantato con me.

«Ma l'animale che mi porto dentro, non mi fa vivere felice mai, si prende tutto, anche il caffè, mi rende schiavo delle mie passioni, e non si arrende mai e non sa attendere e l'animale che mi porto dentro vuole te...»

L'animale che mi porto dentro vuole te. Chiaro?

«Daaa... didada...»

«Daaaaa, dadidada...»

Meglio non insistere, quando c'è la bellezza di mezzo, siete d'accordo, no? Bisogna lasciarla stare e ostacolarla il meno possibile: era quello il momento di buttare giù la cornetta. Subito.

Anche se Leonardo da lì in poi avesse infarcito ogni seduta raccontando ogni volta da un'angolazione diversa la nostra telefonata, io sono convita che avrei ugualmente aspettato il nuovo 9 prima di tornare a fare capolino. Una cosa è attraversare la giornata con la preoccupazione che Giù non si scordi di prendere le sue medicine tutte le sere, una cosa è scoprire che l'appello di un esame è stato anticipato, che Bill Clinton se la fa con una che somiglia a Matilde da giovane tale e quale, una cosa è perfino accorgersi che, mentre mi allontano, papà sulla sedia a dondolo in vimini ha cominciato a piangere piano: sono fatti con cui fare i conti, questi. Anche se i conti non possono tornare. Ma un'altra cosa è quando non ci sono fatti, non ci sono conti. C'è solo una sensazione che ti occupa tutto, fino a sostituirsi a te. Che non sei più tu. O forse lo sei per davvero, per la prima volta.

Avevo bisogno di abituarmi a questa me così finalmente mia e solo mia che mi si era appiccicata da tutte le parti, per trovarmi di nuovo a tu per tu con chi quella me l'aveva accesa, e il 9 dicembre non è che fossi ancora prontissima, ma se avessi saltato quell'appuntamento, come spesso capita quando la paura gioca a rimpiattino con il desiderio, avrei saltato anche quello dopo e quello dopo ancora, e senza accorgermene mi sarei ritrovata sulla strada lungo la quale gli eventi si ammalano, ansimano un po', si confondono in ricordi finché un ictus se li porta via. Ciao ciao.

Il 9 dicembre Leonardo ha saltato la sua prima seduta. Più di me chi ci è rimasta di schifo è stata Vera, perché a quella successiva gliene ha dette di tutti i colori, gli ha detto che poteva anche interrompere la terapia, ma che se lo avesse fatto sarebbe stato come buttare all'aria l'intero lavoro di quei mesi, e lui poverino ci ha provato a spiegarle che gli dispiaceva, ma si era messo a giocare con la PlayStation e non si era proprio reso conto di che ora fosse finché si era fatto buio e si era ricordato della seduta, ma niente, non c'era verso. Vera era irremovibile e insisteva a chiedergli perché, cosa c'era che non andava, al che Leonardo ha perso la pazienza e le ha detto che da settimane non aveva più quel mal di gola assassino che negli ultimi anni non lo aveva abbandonato mai (e qui un po' mi sono commossa, perché magari il merito non era dei beep ma secondo me un pochino sì) e invece adesso gli era tornato tutto di un colpo e:

«Dottoressa, ora capisco perché i suoi pazienti vengono qui per anni e anni: pure se guariscono, lei li fa ammalare di nuovo!» È uscito sbattendo la porta e ha sceso le scale di corsa mentre io lo seguivo in ascensore per vederlo arrivare al motorino e trovare un aquilone gigante che svolazzava attaccato al manubrio. Un aquilone costruito con i ritagli dei testi delle nostre canzoni. Era di spalle e non riuscivo a vedere che espressione gli era esplosa in faccia, anche se da un movimento della testa mi è sembrato che stesse socchiudendo la bocca e spalancando gli occhi. Ha carezzato per qualche istante l'aquilone e sono certa che lo ha buttato nel secchio dell'immondizia solo perché alle spalle sue – e della meraviglia mia – è spuntata Vera, che ero troppo lontana per capire che cosa dicesse ma non abbastanza per capire che lo stesse dicendo con le sopracciglia sparate all'insù.

Quando, e il sole all'inizio di quel delirio lì era ancora alto mentre adesso stava per andarsene via, Vera si è passata una mano fra i capelli ed è tornata verso casa, Leonardo rimasto finalmente solo si è guardato intorno, ma per poco, perché tanto lo sapeva, come lo sapevo io, che non mi sarei mai fatta trovare quel giorno.

«Magari il prossimo?» chiedevo di continuo a Matilde,

Zuellen e Giù, che come ogni anno erano venuti a trascorrere il Natale da noi. Avevamo messo la questione ai voti e i risultati dicevano due a uno per il sì, ma Matilde valeva un voto e mezzo («e non c'entra l'età, quel mezzo è Patty che dice la sua da lontano»), così avevamo deciso che avrei aspettato un altro 9 prima di incontrare Leonardo senza pareti, travestimenti, beep, aquiloni di mezzo, anche perché a quel punto sarebbe stato febbraio e non c'era modo migliore di quello per prepararsi a festeggiare il primo San Valentino da fidanzata.

Nel frattempo, dopo una decina di giorni di assenza, Leonardo era tornato da Vera e, anche se non ho mai capito chi avesse chiesto scusa a chi vicino al motorino, non è che le cose andassero un gran che, almeno per quanto mi riguardava: Vera non permetteva più a Leonardo di terminare le sue storie bellissime e fosforescenti e doveva sempre e comunque ficcarci in mezzo un silenzio o una perplessità, che attraverso la parete non passavano mentre passava quel senso di poco che hanno le favole lasciate a penzolare.

Il 9 gennaio Leonardo stava tentando di spiegare a Vera che poteva anche darsi che i suoi si fossero traditi a vicenda, ma lui riteneva un diritto sacrosanto non saperlo, quando io sono scivolata fino all'appendiabiti in ferro battuto all'ingresso e ho infilato nella tasca del cappotto nero lungo un bigliettino che avevo spruzzato del mio profumo al muschio bianco con su scritte poche parole:

"Dopo la tua seduta.<br>Il 9 febbraio."

... mentre mi allontanavo papà sul-
**la sedia a dondolo in vimini**
aveva cominciato a piangere piano.

## Lo Swatch gigante con le bandierine dei Paesi del mondo

Il tempo non è mica una convenzione, esiste.

Più pigri ancora di come erano scivolati quei giorni lunghissimi di quel lunghissimo mese, scorrevano adesso i minuti, e lo Swatch gigante con le bandierine dei Paesi del mondo dalla parete davanti al mio letto sembrava prendermi in giro e farlo apposta, a ricordarmi che c'ero quasi, ma non ancora, quasi, ma non ancora.

Certe voglie ci colgono nei momenti meno opportuni, pensate a quando a una cena di lavoro di colpo vorreste solo togliervi le scarpe e mangiare dai piatti con le mani, credo che capiti, no? E nemmeno adesso mi spiego perché quel giorno, quando dopo solo un'ora Leonardo mi sarebbe stato di fronte e invece di allungargli la mano e dirgli piacere gli avrei allungato la valigia pronta già da settimane e gli avrei detto di portarmi via, non importava dove ma importava che fosse via e che fosse con lui, bene, nemmeno adesso mi spiego perché quel giorno, con la giacca a vento già addosso, la voce di Leonardo dallo studio che interrompeva lei, stavolta, quella di Vera, e istante dopo istante si faceva sempre più grossa e saliva – come il temporale quando fa le prove e tossisce i primi tuoni, come la marea quando prima dello show manda sul palco le onde, come il mondo che quando arriva il Big Bang è già tutto un brivido –, nemmeno adesso mi spiego perché quel giorno mi sono rannicchiata per terra, accartocciata, e, con tanto di zaino pronto sulle spalle per la mia fuga d'amore, mi sa che ho cominciato a pregare.

Dico mi sa perché non è stato proprio a Dio che ho parlato, ma magari sì: che ne sapevo, io che non l'avevo mai fatto, con chi ce l'avessi quando, a un'ora dal mio incontro con Leonardo mentre al di là della parete nello studio oramai era temporale e marea e Big Bang tutti insieme e le voci diventavano sospiri e i sospiri urla, con le ginocchia strette fra le braccia ho chiesto di avere un occhio di riguardo per loro.

Di non permettere mai che l'Ape del figlio epilettico del ferramenta ancora innamorato di Adriana si schiantasse addosso a un palo.

Di fare adottare al Tallone, una volta fuori dal carcere, cinque gemelli, perché finalmente gli insegnassero com'è che si trattano i bambini.

Di regalare al Fetecchia un altro scudetto della Roma.

Ho chiesto che Berlino un giorno potesse alzarsi tutta insieme e applaudire l'Antenna per ottantasette minuti di fila.

Che Mike Bongiorno decidesse di ritirarsi e passasse il testimone della "Ruota della fortuna" a Francesco.

Che lassù Adriana e Paoletta la zoppetta ogni tanto prendessero il tè insieme e ci spiassero dai loro ventagli di nuvole facendo le pettegole.

Che Matilde non si sentisse in colpa perché le sorrideva il cuore quando ogni sabato la custode della galleria le lasciava un'orchidea sul tavolo da disegno.

Ho chiesto di proteggere chiunque avesse una storia da raccontare.

Brando il barbone.

Le mani piccole di Georgette.

Luisa dalla pelle chiara.

Il cortile della Sapienza di vent'anni fa.

L'intera cittadina di Peachtown.

Ho chiesto di tenere fra le mani Giù come si fa con un uccellino che trema e bisogna stringerlo abbastanza per fargli capire di non aver paura, ma non troppo, perché non rischi di perdere il respiro per volare.

Ho chiesto una coperta di fado e baci per Zuellen.

Un bigliettino nella tasca della tunica arancione che dicesse a mamma che era stato tutto uno scherzo.

Che quel bigliettino lo avesse scritto papà.

Ecco perché alla gente andare a messa piace tanto! Pregando, un'ora passa velocissima.

### Il campanellino laccato di bianco con su dipinti come dei coriandoli verdi rosa e gialli

*Int. Giorno – corridoio,*
*davanti alla porta della camera di Allegra*
*e dello studio di Vera*

Allegra chiude dietro di sé la porta della sua camera tentando di fare il minor rumore possibile. Ha addosso una giacca a vento viola e verde e sulle spalle porta il suo enorme zaino con sopra legato con lo spago un sacco a pelo. Gli occhi sono dilatati dall'emozione. È di una bellezza che intimidisce. Dà per l'ultima volta un'aggiustata alla sua gonnellina a pieghe blu prima di chinarsi a spiare dal buco della serratura dello studio di Vera. Con un balzo Allegra si fa accanto alla porta d'ingresso: evidentemente si è sincerata che la seduta sia avviata alla conclusione.

*Rumore di porta*
*che si apre e si richiude (f.c.)*

Allegra ha un sussulto. Ha gli occhi dilatati dallo stupore. È di una bellezza che intimidisce.

*Rumore di passi cadenzati (f.c.)*

P.P. di Allegra che abbozza un sorriso.

LEONARDO (*f.c.*)
«Sei tu... Sei proprio tu...»
ALLEGRA
«Beep...»
LEONARDO
«Sì. Sei tu.»

Leonardo, avvolto nel suo cappotto scuro lungo, va incontro ad Allegra fino a sfiorare con il naso il naso di lei. Leonardo fa per baciare Allegra.

ALLEGRA
«Aspetta!»
LEONARDO (mortificato)
«Scusa... Non volevo... Io...»
ALLEGRA (sorridendo dolcemente)
«Fuori di qui.»

Allegra prende la mano di Leonardo. Con l'altra apre la porta di casa e la chiude lasciando che sbatta violentemente dietro le loro spalle.

P.P. di Allegra. Gli occhi sono dilatati dallo stupore. È di una bellezza che intimidisce.

*Doppia dissolvenza*

*Est. Notte – il porto di Civitavecchia*

Allegra e Leonardo, abbracciati, sul pontile, guardano a lungo una nave. Anche Leonardo porta uno zaino gigante da cui spunta quello che intuiamo essere un sacco a pelo. Allegra e Leonardo, sempre stretti l'uno all'altra, si avviano verso la nave e sul ponte mobile si fermano a guardarsi un istante negli occhi.

LEONARDO
«Chissà dove andremo a finire...»
ALLEGRA
«Chissà dove andremo a ricominciarci...»

Allegra e Leonardo si baciano appassionatamente.
Compare la scritta

FINE
*Scorrono i titoli di coda*

Ecco, se non si fosse trattato di un film-campanellino, l'epilogo della storia con Leonardo sarebbe stato più o meno così.

E invece no.

Certi film, Giù e io potevamo vederli fino alla fine. Altri no. Tutt'a un tratto la mamma arrivava in salotto e *din din din*, afferrava dalla mensola accanto alla televisione quel campanellino laccato di bianco con su dipinti come dei coriandoli verdi rosa e gialli e lo faceva trillare per qualche istante. Non le serviva aggiungere altro ché Giù e io filavamo a dormire o a giocare per strada o a fare merenda: insomma, il film per noi finiva lì.

Fu Matilde, tanti anni dopo, a spiegarmi il perché di tutto quel da fare che aveva la mamma.

«È che Patty è cromosomicamente per gli happy end, anche per questo se ne è andata in India invece di tornarsene a Peachtown con la coda fra le gambe. Ti ricordi quando nel bel mezzo di alcuni film si metteva a scampanellare quell'aggeggio kitsch e voi dovevate spegnere all'istante la tele? Era per non farvi sapere che i film che finiscono male alla fine finiscono male.»

Non ci volevo credere, ma Matilde mi mise alla prova.

«Raccontami la trama di *Love Story*.»

«Parla di un amore bellissimo tra un figlio di papà e una ragazza proprio tosta. Si rotolano sulla neve, fanno sesso tantissimo, la prima volta che si dicono ti amo è troppo forte perché tu non te l'aspetti: stanno studiando sul divano tranquilli, ognuno col libro suo e lei gli fa ti amo, senza nemmeno alzare gli occhi, così, come gli chiedesse di aprire la finestra. Si sposano, anche.»

«E poi?»

«Litigano, ma roba da niente. Lei scappa di casa, lui la cerca per tutta la città e la ritrova di nuovo a casa, sui gradini, che piange, le dice mi dispiace e lei amare vuol dire non dover mai dire mi dispiace, che io non sono d'accordo ma ci stava bene messa lì, come frase.»

«E poi?»

«Campanellino. Fine.»

«Mmmh. *Incompreso*?»

«Bello quello! C'è questo ragazzino grande, senza mamma, che è convinto che il padre ami solo il fratello più piccolo. Invece poi il padre lo porta con sé, un giorno, a lavare la macchina e il ragazzino grande è finalmente felice, si sente amato come l'altro. Campanellino.»

«*Dumbo*?»

«Dura pochissimo, infatti non ho mai capito come ha fatto a diventare tanto famoso. C'è un elefantino tutto amoroso che nasce.»

«E...?»

«Finito.»

«*Bambi*?»

«Uguale, però con i cervi al posto degli elefanti.»

Matilde non è di quelle che siccome a un bambino non gli entrano più le scarpe numero ventisette e deve comprarne di nuove numero ventotto crede sia arrivato il momento di spiegargli che Babbo Natale non esiste, dunque non mi legò al divano per guardare fino alla fine tutte le videocassette dei film-campanellino che credevo di conoscere. Si limitò a mettermi in guardia, ecco: mi raccomandò di non utilizzare mai in un tema in classe uno di quei film per paragonarlo a come desideravo si concludesse il casino in Medio Oriente, per esempio.

Fatto sta che mi sarà pure scivolata via la lente colorata il giorno che mamma è partita per l'India, ma un certo *din din din* in testa mi è evidentemente rimasto, ed eccolo che torna a ronzare, se ripenso a quando ho aperto la porta della mia stanza pronta per la mia fuga d'amore, con addosso già la giacca a vento viola e verde e sulle spalle lo zaino con il sacco a pelo e ho dato per l'ultima volta un'aggiustata alla mia gonnellina a pieghe blu prima di appiccicare l'occhio al buco della serratura dello studio di Vera per accertarmi che l'ora fosse quella giusta e che la seduta di Leonardo fosse al momento degli arrivederci arrivederci.

Ci doveva pur essere un modo perché quello che avevo appena visto servisse a qualcosa: è stato il mio primo pensiero.

Ci doveva essere un modo perché del film della mia storia quello non fosse il finale, ma solo un passaggio obbligato per arrivare a un finale senza nessun bisogno di campanellino.

Ci doveva essere un modo e c'era.

Quel modo c'era.

... mentre mi allontanavo papà sulla sedia a dondolo in vimini
aveva cominciato a piangere piano.
Tenetelo a mente, signori Godalla.

**Il martello**

mi sa che dovrete ricomprarvelo nuovo: in casa non lo troverete.

**Il vassoio con le decorazioni portoghesi bianche e blu**

Ci sono tranelli cattivi: dove cadere è pericoloso, fa male e basta.

E poi ci sono tranelli buoni: sono quelli che servono per organizzare una festa a sorpresa, per rassicurare qualcuno che non si sente forte e magari non lo è, ma lo sarà se un po' ce lo fai sentire tu. Quelli che servono per riportare tutto a casa, per riportar*ci* tutti a casa.

Mi ero confezionata per benino il discorso da fare a papà perché cadesse nel mio tranello buono: ricorda che ti ho fatto io a te mica il contrario, mi diceva sempre, quando da piccola provavo a dare la colpa a Giù per qualcosa che invece non c'erano dubbi (papà non ne aveva: perché mi aveva fatto lui a me, appunto, mica il contrario) avevo combinato io.

Il discorso invece non è servito. Papà mi ha regalato gli occhi dell'ultimo animale che riesce a salire sull'Arca e proprio non ci sperava – perché mentre correva gli pareva di aver visto Noè chiudere i battenti – quando gli ho portato caffè e cornetto a letto sul vassoio con le decorazioni portoghesi bianche e blu che ci aveva regalato Matilde per Natale. Gli occhi, insomma, di chi avverte sia questa l'ultima occasione per salvarsi da un disastro universale. Ed è allora che ho avuto la conferma che stavo per fare la cosa giusta, signori Godalla: papà, che qualcosa (per esempio la sua vita) non andava, faceva finta di no ma lo sapeva. Perfettamente, lo sapeva. E aveva bisogno solo di qualcuno che lo autorizzasse a procedere (destinazione India). Aveva bisogno di me.

«Oggi è San Valentino, papà.»

«Sì...»

«Be'?»

«Be', cosa?»

«Be', usciamo a cena in quattro, dài!»

«Scusa Alle, ma quattro chi?»

«Tu, io, Vera e... e insomma papà, dài, un certo ragazzo...»

«Me lo dici così? Alle, che grande notizia!» Papà: papà! Guardati come mi guardi. E speri in una serata bella, una serata a forma della possibilità di un vero *ci*, una serata da cui ricominciare. Mentre io ti sto per regalare la possibilità di un'esistenza intera, da cui ricominciarti. Da cui ricominciar*ci*.

«Come si fa, certe cose, a trovare il modo giusto per dirle...?»

«Be', ci si prova! Mi sembri al settimo cielo, eh? Era da talmente tanto che non ti vedevo così, Allegra...»

Mia figlia ha un fidanzato: stavi pensando questo, eh, papà? Papà! Mia figlia ha un fidanzato che vuole presentar*ci*. A me e alla sua matrigna. Che poi sarebbe mia moglie. Che non lo so più perché ho sposato, se tutto doveva improvvisamente migliorare e invece no. È solo cambiato.

«Diciamo che non sono stati anni facili. Ma finalmente, forse, è arrivato il momento di stare meglio.»

«Ma certo certo... Non fraintendere, è che sono solo stordito: sai, svegliarsi con un invito a cena per San Valentino e una figlia fidanzata che accetta quello che ha sempre ostentato di non riuscire ad accettare mi suona così nuovo...» Ma forse è la possibilità per dare un po' di senso a questa vita. Questa vita che volevo rivoluzionare e vincere e che invece ha rivoluzionato me facendomi perdere tutto, facendo perdere tutti.

«La luna comincia a scalciare un sacco di tempo prima che ci sorprenda la marea, no?»

«Anche questo è vero...»

«Bene, allora dài, stasera cerca di liberarti prima dalle riunioni con i genitori e ti fai trovare qui per le sette. Che ne pensi?»

«Bisogna vedere se Vera...»

«E se le facessimo un'improvvisata? La vedo piuttosto stanca nell'ultimo periodo...»

«Dici?»

Perché tu, papà? Tu come la vedi, Vera? La vedi? Non ti preoccupare: se non la vedi, adesso te la farò vedere io. E tu mi farai vedere chi sei. Finalmente. Dopo tanti anni. Mi farai vedere chi sei. Ti farai vedere chi sei.

«Sì, dài, facciamole una sorpresa: tu pensa solo a tornare a casa in tempo e del resto mi occupo io.»

«E come faccio a dirti di no?»

Infatti devi dirmi di sì, papà. Devi fidarti di me. Ho già controllato gli orari del volo per Mumbai, sai? Parte il 15 febbraio, alle sedici e cinquanta. Tu dovrai solo salire su quell'aereo. Andare lì. Caricartela a sacco di patate. E riportarla a casa. Riportar*ci* a casa. Tutti. «Un'ultima cosa...»

«Senti, papà. Basta con le domande, dài. Lo so che per me San Valentino non è mai significato niente, però capita a tutti ogni tanto di cedere alla tentazione di essere un po' normal...»

«Volevo solo sapere come si chiama il tuo ragazzo.»

«Leonardo. Si chiama Leonardo.»

Riporta*ci* tutti a casa, papà. Riporta*ci* a casa.

**La porta di casa**

si apre, si richiude silenziosa silenziosissima e si apre e si richiude,

**la porta della mia stanza con il poster di *Top Gun* all'interno e quello di Mariangela Melato all'esterno**

e shhh mi fa papà con un mazzo gigante di margheritine in braccio e shhh gli faccio io andandogli incontro scalza con i tacchi in mano e un vestito bianco con le paillette, che nemmeno per il matrimonio avevo tirato fuori dall'armadio ma per quella sera sì, e gli sussurro da gatta complice lei è qui dentro che legge, apri

**la porta dello studio di Vera.**

Entra d'improvviso papà, allora entro anch'io e urliamo buon San Valentino!, e quando spalanca

**la porta senza poster né all'interno né all'esterno**

nello studio di Vera la prima cosa che vede papà è il registratore spento e un cappotto nero lungo buttato per terra gli sbuffa sotto il naso e non chiedetemi da dove sbucasse fuori

**il martello**

perché non lo so, lo ripeto anche a voi signori Godalla, come lo sto ripetendo fino all'esaurimento a tutti, non lo so! È vero che è nostro, che stava nel-

**la cassetta degli attrezzi smaltata di giallo**
**nell'armadio a muro dell'ingresso**

ed è vero che

**i quadri di Titti e Silvestro e le foto incorniciate**
**e il calendario dei Beatles e gli acquerelli di Matilde**
**che corrono sulle pareti di tutta la casa**

li aveva appesi papà e dunque sapeva dove trovarlo, ma lui credeva di dover urlare buon San Valentino!, e conoscere il mio fidanzato, tutt'al più si era preparato qualche frase di circostanza da tenere in tasca, ma

**il martello**

no, a cosa sarebbe potuto servirgli? Certo che c'erano le sue impronte digitali sopra: certo, signori Godalla, ma voi che avreste fatto? Che avrebbe fatto lei, signor Angelo, se avesse trovato la signora Tea, la sua Tea, lì, distesa per terra, tutta lucida, nuda, intrecciata a un corpo giovane, a un corpo bello che non era per niente il suo, no no, signor Angelo, non era il suo? Che avrebbe fatto, se per Tea, questa Tea oggi così lucida così nuda così intrecciata, ieri avesse lasciato andare via tutto quello che contava davvero? Avrebbe urlato due bestemmie, sette parolacce, avrebbe preso per mano sua figlia, sarebbe andato a cena con lei nel ristorante migliore di tutta la città, avrebbe ordinato una bottiglia di champagne costosissima, avrebbe brindato a tutti quelli che non si tradiscono e che invece si ricominciano e il giorno dopo sarebbe partito per Mumbai per caricarsi a sacco di patate e per sempre il suo amore, quello vero, quello giusto, l'unico possibile? Forse, signor Angelo, lei avrebbe reagito così. Io ero certa che reagisse così anche papà, sa.

Ma forse nel computer delle teste degli altri c'è un virus che ha messo un hacker con due palle così per farti sbagliare apposta tutti i calcoli che fai, così anche se

**le macchie sulle pareti dello studio**

sembrano decorazioni bordeaux sulla carta da parati ocra, quel giorno che era sangue quello che schizzava si capiva chiaramente, non posso negarlo. E poi bastava guardare per terra e quelle teste lasciavano poco spazio ai dubbi: se ne stavano lì al centro della stanza come due polpette al sugo e papà rimaneva immobile col martello fra le mani, poi crollava in ginocchio, davanti a nessun Dio. E io mi mettevo buona buona a dondolare in un angolo.

**La mia casa**

Nessuno è ancora riuscito a mettersi in contatto con mamma. Alla fine pare che quel santone del Kazakistan l'abbia convinta a dirgli sì, ma dal giorno in cui ha scritto a Matilde per comunicarglielo è sparita. Forse sono partiti per il viaggio di nozze, ma stanno litigando e basta, e lei sta cercando una scusa per liberarsi di quel tipo senza farlo rimanere troppo male e correre qui.

Matilde è arrivata subito e mi ha detto solo, adesso sistemiamo tutto. Me lo ripete in continuazione, adesso sistemiamo tutto.

Giù dice che lui e Zuellen non se ne andranno mai più e staremo per sempre insieme qui, a Roma, qui insieme per sempre.

Zuellen dice che Lisbona è una città meravigliosa e aspettava me da tantissimo, adesso non fa altro, non fa altro che aspettare me e staremo per sempre insieme lì, lì insieme per sempre.

La nonna dice che la colpa è tutta del comunismo.

La polizia invece dice che Leonardo Bordi aveva la fedina penale sporca per aver picchiato a sangue un barbone, una decina d'anni fa.

Dice che avrebbe dovuto finire in prigione, ma che era stato ricoverato in un ospedale psichiatrico e che sulla cartella clinica c'era scritto disturbo maniaco ossessivo, paranoia, mitomania.

Dice che da quell'ospedale però era scappato e se n'era andato in Australia.

Dice che in Australia era ricercato per avere imbavagliato, chiuso a chiave in uno sgabuzzino e rapinato un'anziana miliardaria.

Che alla notizia della sua morte una tale Luisa è andata in questura a suggerire di dare un'occhiata dentro ai vasi degli arbusti di manioca nel vivaio all'incrocio fra la Colombo e le Terme di Caracalla, perché la coca che spacciava di solito la nascondeva lì.

Secondo me Leonardo adesso sta insegnando snowboard alle nuvole, cantando *Here Comes the Sun*.

Con papà spero di riuscire a parlare prima o poi, perché la polizia non ci ha ancora lasciati un attimo davvero da soli.

Non faccio che ripetere le stesse identiche cose almeno a sette persone diverse ogni giorno, che però hanno la stessa espressione mentre mi ascoltano, come se mi credessero sì, ma fino a un certo punto, e dopo quel punto non è che non mi credano: ma hanno pena di me.

Forse avrei anche io pena di me se mi rendessi conto di che cosa è successo, così sostiene Matilde.

Ma che vi devo dire, signori Godalla?

Al momento so solo che sono nata il 20-02-1980 e mi chiamo Allegra Lunare.

Sono alta un metro e sessantanove, ho i capelli castano chiaro, gli occhi un po' marroni un po' verdi, anche se sulla carta d'identità ho fatto scrivere solo verdi; di buono la gente dice che ho la pelle liscia liscia, un bel sedere e la simpatia, di cattivo le orecchie un po' a sventola, poche tette e un'irritante fiducia nell'analfabetismo.

Il mio film preferito è *Dirty Dancing* e quando Patrick Swayze dice nessuno può mettere Baby in un angolo mi commuovo sempre.

La mia canzone preferita è *Love Me Tender*.

Il mio piatto preferito la cotoletta alla milanese.

Il libro che ho letto più volte è *Lo hobbit* di Tolkien.

Quello che non leggerò mai *Alla ricerca del tempo perduto* di Proust.

Non sono cattolica ma credo a una specie di liquido che ci fa galleggiare nell'acquario del mondo, e magari è solo acqua magari no, e mentre ce lo chiediamo qualcuno passa davanti all'acquario lo guarda ci guarda, noi lì dentro seri che ci chiediamo se è acqua o no, e ride.

Il mio primo bacio l'ho dato a quattordici anni, la mia prima volta è stata a sedici.

Penso che in fondo San Valentino ognuno può festeggiarlo come gli pare.

Da grande voglio fare l'attrice.

Ecco qui, signori Godalla.

Fra tutte le persone che dicono cose in questi giorni ho dimenticato di dirvi che ce n'è una che dice che questa casa è fuori uso per i sigilli della Scientifica ma non è ancora in vendita, che forse non lo sarà mai, che non esiste nessuna coppia di nuovi inquilini e che, insomma, io parlo con voi perché non voglio prendere consapevolezza dei fatti, come se mi fossi rimessa la lente colorata in testa, ecco, come se avessi fatto suonare da sola il campanellino.

Ma la persona che lo dice è uno psicologo: e, dopo tutta la storia che vi ho raccontato, ve la sentireste davvero di fidarvi della categoria?

Credo proprio di no. Siete persone per bene, voi.

Proprio per questo penserete che ci voglia del fegato a venire a vivere qui dopo quanto è successo, ma alla fine lo farete.

Bene così.

Significa che il bambino nella pancia della signora Tea vi sta a cuore più di ogni altra cosa.

Che, davanti alla nascita sua, la morte di due sconosciuti perde giustamente di senso.

Sareste grandi se riusciste a non cambiare mai.

A non permettere a niente e a nessuno di distrarvi da quel bambino lì, dalle domande che vi farà e da quelle che non vi farà, da quando non vi lascerà dormire perché starà mettendo i denti, da quando imparerà a fare la pipì da solo nel vasino, imparerà a leggere, a scrivere, si farà un taglio di capelli orrendo che però hanno tutti e allora per lui sarà bellissimo, s'innamorerà, andrà fuori tema allo scritto d'italiano della maturità, ancora s'innamorerà, vi chiederà senza chiedervelo di restare insieme per sempre, vi chiederà scusa, vi chiederà perché?, per favore, vi chiederà di andarsene, vi chiederà di tornare, vi chiederà senza chiedervelo di restare insieme per sempre, vi chiederà amore, ancora s'innamorerà, vi chiederà senza chiedervelo di. Restare. Insieme. Per sempre. Vi chiederà amore.

Oggi compio vent'anni.

Il 20-02-2000: 20 anni! Il 2 del giorno e quello del mese si eliminano a vicenda e così anche il 2 dell'anno e il 2 dei miei anni e viene fuori ZERO. Viene fuori l'anno zero e se mi dimentico in uno scatolone sono finita, perché non mi ricapiterà più una scusa così per pensare che quanto è successo sia stato necessario – o giù di lì. Già è una fortuna che mi capiti una volta, credo, e credo anche che a gente come Marilyn Monroe o a qualche papa l'anno zero sia capitato almeno tre volte. All'edicolante qua sotto pare sia capitato due volte, l'ultima poco prima di morire.

Oggi compio vent'anni.

C'è Broadway che mi sta aspettando.

Lo so che, prima di raggiungermi, a mio padre toccherà passare un po' di tempo da un'altra parte, ma siccome dopo il numero dei trapezi arriva sempre e comunque quello dei pagliacci, tanto vale pensare a quando finalmente lo farà e si precipiterà in India e si caricherà la mamma a sacco di patate, e a quando finita l'università me ne andrò in America e magari le prime settimane farò la cameriera in una tavola calda, ma presto un produttore mi noterà e a quel punto sarà fatta, da lì a un anno al massimo sarò sul palco e al momento degli applausi stavolta non mi metterò a urlare vattene!, ma commossa guarderò negli occhi mio padre, seduto nell'ultima fila perché lui è fatto così, e dirò dedico questo giorno a tutti quelli che non si tradiscono ma ogni tanto si ricominciano.

Oggi compio vent'anni.
Questa è stata la mia casa da quando sono nata fino a oggi.

## *Nota*

"Le cose di cui siamo stati convinti hanno misteriose date di scadenza" sostiene Allegra nel suo stralunato, anzi stra-Lunare monologo.

Ho scritto *Arrivano i pagliacci* quattordici anni fa: avevo ventidue anni, ero alla ricerca pazza di non sapevo neanche io che cosa e quello che scrivevo lo era con me. Quando si fa così il rischio, evidentemente, è quello di dare voce a un'urgenza, anziché riflettere bene per dare urgenza a una voce. E forse l'ho corso.

Ma Allegra non approverebbe questa nota: si fida dell'analfabetismo, lei. Dunque si fida di tutto ciò che manca di organizzazione, di logica. Ed è esattamente per questo motivo (anche se non lo sapevo, proprio perché non lo sapevo) che tornare in contatto con lei per me è stato salutare. Ne avevo davvero un grande bisogno.

E allora grazie a tutti i lettori che in questi anni mi hanno scritto o avvicinato durante le presentazioni per chiedermi:

«Come posso fare per leggere *Arrivano i pagliacci?* È l'unico fra i tuoi libri che non si riesce più a trovare in libreria».

Grazie a Giulia Ichino che ha permesso a questa domanda di avere una risposta precisa.

Grazie a Laura Cerutti che stavolta si è presa cura non solo delle parole che ho sentito di aggiungere, di togliere o di trasformare: ma anche di quelle della ventiduenne che sono stata.

Grazie a Paolo di Paolo che ha sempre difeso la storia della famiglia Lunare, soprattutto dalle mie perplessità.

Queste persone mi hanno aiutata a rispettare e perfino a volere bene alle incertezze, alle ingenuità e agli errori della vecchia, giovane me.

Perché sbagliamo per imparare.

E l'importante è non tradirsi.

Ma ogni tanto ricominciarsi.

## *Letteratura come trasloco*

di Paolo Di Paolo

La storia di uno scrittore è una strada strana. Non ha niente di lineare, di sicuro, e nemmeno di facile. Forse non corre diritta in avanti, come saremmo portati a credere, ma gira in tondo – poi lo scopri: intorno a quattro o cinque cose che davvero sarebbe importante, per chi si è messo a scrivere, capire. Qualcuno le chiama, per comodità, ossessioni, ma è comunque riduttivo: non è detto che siano, come le ossessioni, sempre un po' cupe e allarmanti. Può darsi che siano invece luminose, e vitali, o che tengano insieme molti e opposti colori.

Così, se dovessi dire intorno a cosa gira la scrittura di Chiara Gamberale, prenderei quel proverbiale incipit di Tolstoj – quello di *Anna Karenina*, sì, quello che dice: tutte le famiglie felici si assomigliano, e quelle infelici sono diverse. Perché invece, nei libri di Chiara, le famiglie sono sempre felici-infelici allo stesso tempo, e anche – allo stesso tempo – uguali e diverse da tutte. È proprio per capire cos'è una famiglia che Chiara deve avere deciso, ancora bambina, di fare la scrittrice. Clara e Riki, i protagonisti del suo primo romanzo, scritto e illustrato a otto anni su un quaderno a quadretti, sono già – in due – una famiglia, e il paesino incantato dove niente, ovvero tutto, succede (Lossiniere), è quel posto nel mondo che cerchiamo per tutta la vita, quel posto che vorremmo indicare agli altri e a noi stessi come "casa". Un po' come fa E.T. puntando il dito verso il cielo. Ciascuno cerca instancabilmente la propria Lossiniere e quell'inverno tiepido e accogliente, la zona magica che sembra al riparo – per dieci minuti al giorno, per un'ora, per una vita – dal peggio. Difficile che la si trovi da soli, è più facile in due, in tre, in quattro: essere umano + altro essere umano, essere umano + altro animale, essere umano + qualcuno a cui attribuire, nel telefono, una suoneria speciale. Ricordo che in pieno luglio il cellulare di Chiara poteva squillare all'improvviso con le note di *Merry Christmas*; se le chiedevo perché, diceva che quando chiama chi consideri la tua famiglia è sempre Natale. E lo diceva lei che ha sempre progettato fughe dal Natale, macinando chilometri per lasciarsi alle spalle alberi, presepi, luminarie occidentali. In *Per dieci minuti* (2013) uno degli esperimenti di riabilitazione esistenziale proposti dalla voce narrante è proprio quello di rivivere il Natale all'antica, senza più temerlo, senza avere paura delle convenzioni, di quella costrizione a essere famiglia in un certo modo e per forza. D'altra parte, Chiara Gamberale ha scritto un intero romanzo, il suo più bello – *Le luci nelle case degli altri* (2010) –, per mettere alla prova l'apparente perfezione della famiglia più tradizionale, non a caso chiamata Barilla. C'è sempre, nel nostro condominio o in quelli che sfioriamo, che osserviamo da fuori, la sera, con le finestre illuminate, qualcuno a cui invidiamo la vita. Ce la figuriamo più giusta della nostra, meno difettosa. Ma la verità è che anche i Barilla sono felici-infelici, uguali-diversi da tutti; e così tutti gli altri condomini di via Grotta Perfetta 315, la coppia intellettuale Ferri-Frezzani, i Grò, la misteriosa Tina Polidoro, la complicata coppia gay. Tutti imperfetti, i nostri vicini di casa: con i loro tic, le loro stranezze, le goffaggini, le inadeguatezze, la capacità o incapacità di dare e ricevere amore, i desideri e gli egoismi dei bambini-adulti che sono, che siamo. I vicini di casa "giusti" non esistono – sembra dirci l'autrice – come non esistono i genitori e i figli giusti, perché tutti, in fondo, potremmo essere e siamo padri e figli di tutti, siamo famiglia per qualcuno. La bambina Mandorla, rimasta orfana, viene cresciuta dall'intero condominio; scopre così – e con lei il lettore – di avere tanti possibili genitori, ciascuno con la propria parte di buono in lotta con una turbolenta "zona cieca".

Nel romanzo del 2008, *La zona cieca* appunto, Lidia e Lorenzo provavano l'uno a prendersi cura dell'altra, a costruire un'intimità, a diventare una famiglia: un "accordo silenzioso"? O qualcosa che si manifesta "quando non ci stiamo pensando, quando dal bagno seduti sul water urliamo a un altro che finalmente è la volta buona, quando gli chiediamo di tenerci la scala mentre cambiamo una lampadina", quando vorremmo restare accanto a qualcuno "come una sveglia rotta"? I viaggi lontani, gli antidepressivi, i cani che capiscono tutto, la mostarda sulla bistecca, la paura di fallire: tutto concorre alla definizione di uno spazio non più unico ma doppio – il letto della vecchia cameretta si trasforma in un lettone matrimoniale, è un evento magico ma non indolore; "casa mia" diventa "casa nostra" e non è un semplice cambio di aggettivo. È un trasloco avventuroso e pieno di pericoli quanto di scoperte. Come spiega quel verso della poesia che più amo di Walt Whitman, *A uno sconosciuto* – "Ho mangiato e dormito con te, il tuo corpo non è più solo tuo né ha lasciato il mio corpo solo mio" – ogni coppia, ogni famiglia implica un trasloco continuo di identità. Da fidanzati, da mariti, da mogli, da padri, da madri, da figli (l'unico "abito" che non dismettiamo mai) non siamo più soltanto noi stessi, traslochiamo nell'altro, facciamo nostre le sue domande, inscatoliamo segreti.

Anche solo mettere il naso nel carrello della spesa di uno sconosciuto al supermercato, come fa Erica con Tea (e viceversa), in *Quattro etti d'amore, grazie* (2013), significa "traslocare corpo e anima" attraverso l'immaginazione, sognare la vita che potremmo vivere, l'altro che potremmo essere: per poi scoprire che l'apparente tranquillità del prossimo nasconde molte ombre e "in ogni vita umana c'è un dramma, che per la maggior parte del tempo rimane segreto" (Julien Green, *Se fossi in te...*).

Mi sono convinto che i romanzi di Chiara Gamberale hanno a che fare con un'idea di letteratura come trasloco. Per la televisione ha ideato anni fa un programma dal titolo "Quarto piano scala a destra", girato direttamente a casa sua; il romanzo *Le luci nelle case degli altri* si apre con la piantina del condominio di via Grotta Perfetta, e il romanzo che avete appena letto – *Arrivano i pagliacci* – è tutto costruito sugli oggetti, le stanze, i dettagli della casa che Allegra Lunare, la ventenne protagonista, sta per lasciare ai nuovi fantomatici inquilini. I neretti che puntellano il libro indicano vecchi peluche e armadi a muro, fotografie e sedie a dondolo in vimini, registratori e cassette, e – da soli – comunicano un immenso struggimento. Come quando Thomas Pynchon, nell'*Incanto del lotto 49*, enumera l'incredibile quantità di oggetti che la gente dimentica nelle automobili messe in vendita. Gli oggetti! Ce ne sono sempre così tanti, dappertutto, ce li trasciniamo dietro, li perdiamo di vista, li cerchiamo con furia, all'improvviso, come se da loro dovesse dipendere il resto della nostra vita. Un attaccapanni in soggiorno. L'abat-jour a forma di piede. Il quadro sopra alla testata del letto nella camera degli ospiti. Sono davvero inanimati, come si dice? Che cosa raccontano di noi? Il tratto di vita che condividono con noi, o che noi condividiamo con loro, li rende meno impersonali e freddi, li riscalda e li segna. Allegra Lunare, all'inizio del libro, avverte che durante un trasloco è necessario stare attenti a ciò che si lascia, a ciò che si regala, a ciò che si butta. "Io lascio quasi tutto" aggiunge fra parentesi, e questa è già un'affermazione da scrittrice: anche se Allegra Lunare sostiene con sicurezza che non leggerà mai Alla ricerca del tempo perduto di Proust, *Arrivano i pagliacci* è anche un romanzo sulla memoria, sugli ingranaggi della nostalgia, su come le storie si avvitano alle cose, e le cose alle storie. Davanti agli scatoloni, l'esercizio di memoria "volontaria" di Allegra diventa il romanzo che avete fra le mani e i suoi vent'anni di esistenza un piccolo museo. Avete mai pensato a cosa verrebbe esposto nel museo della vostra vita? A quale sarebbe il percorso e a cosa racconterebbero i pannelli esplicativi o l'audioguida?

Allegra consegna agli ineffabili signori Godalla (e a noi) una mappa emotiva, eccentrica, personalissima, ansiosa di stanze e corridoi: "Solo se rispetterete le storie che queste mura hanno racchiuso, secondo me potrete sperare che racchiudano la vostra". I Godalla non possono fare finta di niente, sono tenuti a sapere di Giù, fratello di Allegra, di mamma Patty, americana biondissima, e di papà Ettore, professore di filosofia. Ma non basta. Bisogna che sentano il rumore della vita che per quelle mura è passata, come si sente – nel capitolo che divide quasi a metà *Al faro* di Virginia Woolf – in una casa vuota il respiro dei cassettoni, dei cardini arrugginiti delle porte, delle lenzuola e le voci della gente che lì era vissuta, il fruscio le lettere strappate nel cestino, i libri tutti aperti, la carta da parati a rose rosse e gialle, le mele sulla tavola da pranzo, le porcellane già polverose "appannate, incrinate. Le cose che la gente aveva scartato e abbandonato – un paio di scarpe, un berretto da cacciatore, gonne e giacche sbiadite negli armadi – quelle soltanto custodivano la forma umana e nel vuoto indicavano come fossero state un tempo piene e animate; come un tempo le mani fossero indaffarate con ganci e bottoni; come un tempo nello specchio si fosse riflesso un volto".

"Il rumore irreparabile che fa la gente mentre esiste" lo chiama Chiara Gamberale, e con *Arrivano i pagliacci*, neanche venticinquenne, ha provato a elaborarne lo spartito. Lo spartito romanzesco di una musica (di un rumore) trascritto quando l'orchestra ha smesso di suonare, le note riacciuffate a memoria. Torna tutto ciò che deve tornare, le cose come "perline della lunghissima collana del mondo": "il primo ricordo che ho con tutti i contorni", un padre che ficca sua figlia nel cestone davanti della sua bicicletta per andare a comprare "L'Unità" ("era un viaggio infinito"), e quello stesso padre che nella classifica delle cose belle della vita mette *Suzanne* di Leonard Cohen "perfino davanti alla sigaretta dopo il cappuccino". È così carico di sensazioni, anche violente, questo libro, da somigliare a un tentativo di inventario di tutto ciò che sta dentro vent'anni, che fanno qualcosa più di settemila giorni. Ma proprio perché la nostra vita non è solo nostra (e non sarebbe niente senza quelle altrui, che traslocano in noi e in cui traslochiamo), i giorni sembrano molti di più. Così Allegra può consegnare ai Godalla anche ciò che precede la propria stessa venuta al mondo, o quell'istante preciso e miracoloso, la scena di cui è assoluta protagonista "questa bambina nuova che arrivava e che per un momento sembrava dire che il cancro la Dc l'handicap e il ventisette del mese erano solo degli scherzi, di cattivo gusto sì, ma comunque degli scherzi, e la verità era solo lì, adesso, in un'altra voce che avrebbe imparato a canticchiare c'era una volta un piccolo naviglio, in un'altra testa dove il mondo sarebbe stato inventato, in una mano che avrebbe scarabocchiato case e firmato bollette, in una faccia che si sarebbe riempita di brufoli punti neri e rughe, in un cuore che sarebbe stato preso a morsi, a strappi, a carezze, in qualcuno che, anche solo per un decimo di secondo, magari mangiando la prima ciliegia dell'estate, avrebbe pensato: eh, sì. Io esisto. Esisto davvero".

Mezza pagina come questa dà la temperatura di un romanzo vitale e onnivoro, che adesso sembra una boa luminosa fra i romanzi scritti prima e dopo, un presagio e una spiegazione, una radiografia dell'ispirazione e una promessa. Un po' come il titolo: *Arrivano i pagliacci*. Anche se per l'acrobata le cose si mettono male, dopo arrivano i pagliacci. Non vi mordete troppo le unghie per l'ansia, dopo arrivano i pagliacci. Tutto si mescola senza una logica e un criterio, gli sbadigli, le paure, le risate, le canzoni, gli oggetti, le cose tue e le mie, la vita tua e la mia, la nostra e la loro, quella della famiglia Lunare e quella dei Godalla, quella di chi viene prima e quella di chi viene dopo, quella di chi ancora deve arrivare con quella di chi non c'è più o di chi non ci sarà mai. La verità, le bugie, la tenerezza, le macchie sulle pareti dello studio, il vassoio con le decorazioni portoghesi bianche e blu. "Io purtroppo del geometra Calfapietra che abitava qui prima di noi sapevo solo che aveva un gatto siamese sterilizzato. Voi invece avrete la fortuna di sapere esattamente che cosa è successo qui, in queste stanze, negli ultimi circa vent'anni e se il vostro quadro più bello continuerà a cadere arriverete facilmente a capire che forse avete sbagliato parete."

p.s. per l'autrice: avevi già letto Perec e le sue *Istruzioni* prima di scrivere il tuo libro? L'hai letto dopo? Che impressione ti ha fatto rileggere questo romanzo dopo più di dieci anni? Che cosa dicono di noi i libri che abbiamo scritto? Sono come fotografie o sono un'altra cosa? È meglio dimenticarli? Le persone che chiami al telefono perché ti va e rispondono "dimmi" fanno paura anche a te? Nel tuo telefono c'è ancora la suoneria di *Merry Christmas* associata a qualcuno?

## Indice

Arnoldo Mondadori Editore S.p.A.

Questo volume è stato stampato
presso ELCOGRAF S.p.A.
Stabilimento - Cles (TN)

Stampato in Italia - Printed in Italy